Der
Menschenkenner

Zwölf merkwürdige Geschichten

2017
Herstellung und Verlag: BoD – Books on Demand,
Norderstedt.
ISBN: 9783744835459

Der Menschenkenner

Er saß schon lange hier. Viel zu lange. Das Eisstück in der Cola war längst geschmolzen und hatte den verbliebenen Inhalt des Pappbechers in eine ungenießbare hellbraune Brühe verwandelt. Es war bereits die zweite Cola an diesem Morgen. Er hatte sie, wie so oft schon, bei McDonald's gekauft und sich auf „seiner" Bank, direkt vor dem Ladenlokal niedergelassen. Das klappte nicht immer so reibungslos wie an diesem Tag.

Dauernd erdreisteten sich fremde Menschen darauf Platz zu nehmen. Auf seiner Bank! Oft kostete es Stunden des Wartens, bis diese ungebetenen Gäste die Bank verließen, um ihm, dem rechtmäßigen Inhaber dieses Platzes, zu weichen.

Er kam oft hierher und ja, auch deshalb war es seine Bank. Seine häufigen Besuche räumten ihm ein gewisses Recht der Gewohnheit ein. Nicht dass es sich um ein besonders bequemes Möbel seiner Art handelte. Hunderte von diesen Sitzgelegenheiten waren in der ganzen Stadt installiert. Kaltes, verzinktes Eisenrohr, die Sitzflächen mit engmaschigen, ebenso verzinkten Baustahlmatten bespannt. Gemacht für eine Ewigkeit. Widerstandsfähig und gegen jeden Versuch der Zerstörung gewappnet. Nein, weder Aussehen noch Beschaffenheit hoben diese Bank aus der Masse aller Sitzmöbel hervor. Es war einzig und allein ihr besonderer Standort. Saß man hier, so wähnte man sich im absoluten Zentrum der Stadt. Alle Wege, alle Fäden schienen an diesem Ort zusammenzulaufen. Man sah alles und jeden. Gleichgültig, wohin die Wege all dieser Menschen führten, sie alle mussten hier vorbei, an seiner Bank, mussten an ihm vorbei. Genau das war der Grund für ihn so oft herzukommen. Er liebte es, die Menschen zu beobachten. Zu Anfang hatte ihn der Anblick der belebten Fußgängerzone noch zutiefst verwirrt. Ein bunter, gänzlich ungeordneter Fluss von Menschen hatte seine Bank umströmt, schier unmöglich ein einzelnes Individuum zu erfassen. Kaum war es seinen Augen gelungen, ein Detail zu fixieren, etwa einen Hut, eine Tasche oder einen Schuh, so wurde dieses sogleich durch ein Vielfaches an neuen Eindrücken, die sich in sein Gesichtsfeld schoben, verdrängt. Wie eine Echse auf einem warmen Stein mitten in der reißenden Strömung, hatte er wochenlang nahezu regungslos auf seiner Bank verharrt und ängstlich fasziniert in die Menschenflut gestarrt.

Dann aber begannen sich die Dinge zu ändern. Welche Zusammenhänge zu diesen wirklich gravierenden Veränderungen führten, wusste er nicht zu erklären. Waren es die durch die langen Beobachtungen geschärften Sinne? War es das reine Zusammenspiel von Intuition und Intelligenz? Wie eine Initialzündung hatte ihn die

4

Erkenntnis getroffen, dass seiner Verwirrung beim Betrachten der Menschen ein einziger, dennoch nicht unerheblicher Denkfehler zugrunde lag: Wochenlang hatte er sich von den vielen Unterschiedlichkeiten der Menschen ablenken lassen. Es gab schwarze, weiße, dicke und dünne Menschen, alte und junge. Manche waren in Eile, schauten weder links noch rechts und drängelten sich keuchend durch die Menge, vorbei an eng umschlungen und nur auf sich selbst fixierten Pärchen. Manche schlenderten vorbei, hielten hier und dort inne, den Blick sehnsüchtig auf die Auslagen der Schaufenster gerichtet. Einige lachten über die Scherze ihrer Begleiter, viele schauten dagegen ernst vor sich hin, die volle Konzentration auf das Ziel ihres Weges gerichtet oder auf das, was sie dort erwartete. Insgesamt ein scheinbar unentwirrbares Treiben ohne jede Ordnung. Erst das Auffinden von Gleichheiten und Ähnlichkeiten konnte Ordnung herstellen. Aus dieser Erkenntnis heraus hatte er damit begonnen, die vorbeiziehenden Menschen in Kategorien zu typisieren. Zuerst wandte er noch zaghafte grobe Archetypen, wie männlich/weiblich oder Erwachsener/Kind an. Aber zunehmend verfeinerte er seine Kategorien mehr und mehr, bis hin zu einer fast mikroskopischen Nuanciertheit. Er stellte dabei fest, dass sich dadurch ein großes Maß an Menschenkenntnis entwickelte Es gelang ihm zunehmend einen Passanten genauer einzuschätzen. Seinen Beruf oder sozialen Status verriet ein Mensch beispielsweise durch die Kategorien „Kleidung“, „Make-up“ oder „Accessoires“. Alter und Ring verrieten seinen Familienstand. Teint und Klarheit der Augen ließen auf seine Befindlichkeit schließen. Kleinste Flecken auf der Kleidung untrügliche Rückschlüsse auf die Frühstücksgewohnheiten. Ja, er war zu einem wirklichen Meister in der Kunst der Menschenkenntnis gereift.

Heute hatte ein ganz besonderes weibliches Wesen seine Aufmerksamkeit erregt. Sie saß an einem Tisch des Straßencafés gegenüber. Er vermied es, sie dauerhaft anzuschauen, sondern ließ nur gelegentlich seine Blicke zu ihr hinüberschweifen. Viele Menschen bemerkten intuitiv, wenn sie beobachtet wurden und verhielten sich dann unruhig und nervös.

Sie, die Frau, hatte sich so platziert, dass sie den weiteren Verlauf der Fußgängerzone im Blick hatte und zeigte sich ihm so im Profil. Sie war jung, sehr hübsch, höchstens 25. Sie trug ein enges, graues Designerkostüm, das ihre schlanke Figur sehr vorteilhaft betonte und darüber hinaus verriet, dass sie nicht aus mittellosen Verhältnissen stammte. Ihre Sonnenbrille hatte sie wie einen Haarreif in ihre schwarzen Locken geschoben, die ihr bis weit über die Schultern fielen. Selbst aus der Entfernung sah er das Schimmern ihrer grünen Augen. Sie saß kerzengerade auf ihrem Stuhl, als sie sich einen

Eiskaffee bestellte. Ihre Haltung verriet Selbstbewusstsein und Stärke.

Ein gelegentliches Zucken ihrer rot geschminkten Lippen deutete er als Lächeln. Ja, es handelte sich um eine junge Dame, die mitten im Leben stand. Glücklich und unverheiratet. Andererseits ließ ihre gesamte Haltung eine leichte Unruhe erkennen. Schon zweimal hatte sie zu ihm herübergeschaut. Hatte sie etwas bemerkt? Wohl kaum, beruhigte er sich. Zu lange hatte er das unauffällige Beobachten von Menschen geübt. Es musste etwas anderes dahinterstecken. Hatte er etwa ihre Aufmerksamkeit erregt? Waren ihre Blicke etwa kein Zufall? Was wäre, wenn sie nicht nur zufällig an genau diesem Ort ihm gegenübersäße? Vielleicht hatte sie ihn schon an einem der anderen Tage auf seiner Bank gesehen, vielleicht schon öfter und er hatte ihr Interesse geweckt. Als sie zum dritten Mal, flüchtig wie ein scheues Reh, zu ihm hinüberschaute, trafen sich für Sekundenbruchteile ihre Blicke. Es gab keinen Zweifel! Sie hatte ihn wahrgenommen. Wahrgenommen? Nein, diese Zufälligkeit gestattete er sich nicht. Es gab einen Grund für ihr Hiersein. Es konnte nicht anders sein. Er war zutiefst betroffen, innerlich völlig aufgewühlt. Verfolgte sie ihn? Hatte sie ihn vielleicht schon seit Wochen beobachtet und ihm nachgestellt? Was nur kam dieser impertinenten Person in den Sinn? Was erhoffte sie sich? Ein schnelles Abenteuer? Hatte sie es auf sein Geld abgesehen? Nein, so entschied er für sich, zu unschuldig war ihr Blick und ihr gesamtes Auftreten. Ihre Triebfeder musste ein zartes Gefühl sein, ein scheues Bedürfnis, welches sich nach Nähe, nach seiner Nähe sehnte. Er erlaubte sich ein Winken. Es war ein kleines Winken, kaum wahrnehmbar, nur mit zwei Fingern seiner rechten Hand, die er lässig über die Lehne seiner Bank gelegt hatte. Ertappt wendete sie sich ab. War da ein leichtes Erröten auf ihren Wangen? Gab es noch einen Anlass zu zweifeln?

Wie zum Beweis griff sie schließlich entschlossen nach ihrer Handtasche. Er erschrak! Würde sie den entscheidenden Schritt wagen? Nein, sie kramte in ihrer Tasche und förderte ein weißes Handy zutage. Mit geübten Bewegungen bewegte sie ihre rot lackierten Fingernägel über das Display. Er kannte den Rhythmus der Bewegungen zu genau. In Erwartung dessen, was geschehen musste, umklammerte er sein eigenes Handy. Woher nur kannte sie seine Nummer?

Doch nichts geschah! Sein Handy blieb stumm. Mit wem sprach sie nur? Es waren nur wenige Wörter, die sie in das Telefon hauchte. Danach verharrte sie einige Sekunden reglos und warf das Gerät zurück in ihre Tasche. Ihre Lippen zuckten, dann ihre Schultern. Lachte sie? Lachte sie über ihn? Lachte sie ihn aus? Immer noch zitternd klemmte sie schließlich einen Fünfeuroschein unter den Aschenbecher. Es packte ihn das blanke Entsetzen, als sie sich von ihrem Stuhl erhob und auf ihn zuschritt. Er sah, wie sich Tränen auf ihren Wangen mit schwarzem Lidschatten mischten. Er konnte ihr Schluchzen auf der Haut spüren. Hatte sie das Telefongespräch so aus der Fassung gebracht? Oder trug er etwa die Schuld an ihrer Verzweiflung? Was hatte er nur getan? Er war sich keiner Schuld bewusst. Er sprang von seiner Bank auf, ihr zugewandt, bereit sie tröstend in seine Arme zu schließen.

Bitterlich weinend ging sie hastig, ohne ihn auch nur einmal anzuschauen, an ihm vorbei. Völlig verwirrt und gedemütigt sah er ihr nach, bemerkte, wie sie sich mit einer hektischen Bewegung durch die Augen wischte und schließlich in dem auf erstaunliche Weise wieder völlig ungeordneten Fluss von Menschen verschwand. Es war der gleiche Fluss, der auch den Menschenkenner für immer von seinem warmen Stein spülte.

Ein Wintermorgen

Er hatte sein Ziel fast erreicht. Schon konnte er das hell erleuchtete Wohnzimmerfenster des abseits des Dorfes gelegenen Hofes sehen. Erleichtert hielt er inne und ließ seinen Blick über die stille, nur vom Mond und der reflektierenden Schneedecke erhellte Landschaft schweifen. In weiter Ferne trat aus der dunklen Silhouette des ehemals zum Hof gehörenden Fichtenwaldes ein Reh. Es schien ihn zu wittern und schaute angespannt zu ihm herüber.

Etwas zögerlich stapfte er einige Meter weiter auf den Hof zu. Die Sicht auf die Einfahrt wurde durch die alte Scheune und den Stall verdeckt. In einer Nische, tief verschneit, rostete der alte Traktor seinem endgültigen Ende entgegen. Er war schon lange nicht mehr in Betrieb gewesen. Ein Reifen hatte seine Luft verloren und das schwere Gerät in eine Schieflage gebracht, wodurch sein Anblick noch trauriger wirkte

Es drangen keine Geräusche aus dem Stall zu ihm herüber. Wie auch: Die Hühner und Schweine waren geschlachtet oder verkauft. Die fünfundzwanzig Milchkühe, die noch vor drei Jahren den Hof bewohnt hatten, waren durch das Veterinäramt, den örtlichen Tierschutzverein und die Polizei in gemeinsamer Aktion vor dem Hungertod bewahrt worden.

Der Hof war in diesen drei Jahren erschreckend verwahrlost. Der Bauer hauste hier in völliger

Einsamkeit. Seine beiden Söhne hatten ihr Lebenslicht an einer Eiche direkt am Dorfausgang ausgehaucht. Alkoholisiert und mit überhöhter Geschwindigkeit waren sie frontal aufgeprallt und das Klinomobil hatte den Unfallort viel zu spät erreicht, um ihre Leben zu retten.

Martin, der Ältere hatte mit Auszeichnung seine Gesellenprüfung zum Forstwirt abgelegt. Dieter hatte dereinst den Hof übernehmen sollen. Er hatte schon viel verändert und modernisiert. Er hatte sogar einen Computer angeschafft, der die Büroarbeit enorm erleichtert hatte. Der Bauer wunderte sich immer wieder, woher der Junge das nur hatte.

Nach dem tragischen Unfall hatte das Leben für den Bauern seinen Sinn verloren. Seine Söhne waren sein ganzer Stolz gewesen. Statt wie bislang den Hof zu bewirtschaften, hatte er begonnen, seine Zeit schon am Morgen ganz dem Alkohol zu widmen. Seine Frau verzweifelte daran. Sie hatte nach ihren Söhnen bald auch ihren Mann verloren. Immer häufiger gab er ihr die Schuld am Tod der Kinder. Als er, umnebelt von Alkohol, begann, sie dafür zu schlagen, hatte sie ihn schließlich im vergangenen Jahr verlassen. Von da an teilte der Bauer sein Bett nur noch mit billigem Fusel.

Ja, auch er hatte den Bauern im Stich gelassen. Über zwölf Jahre hatte er ihm treu gedient, den Hof gehütet wie seinen Augapfel, so als wäre es sein eigener. Bei jeder Arbeit, war sie auch noch so schwer, hatte er den Bauern begleitet und unterstützt.

Es war keine leichte Arbeit gewesen: In aller Herrgottsfrühe in den Stall, die immer hungrigen Mäuler der Tiere stopfen, danach aufs Feld oder Holzernte im Wald.

Pflügen, Sähen, Ernten, Einfahren, teilweise bis spät in die Nacht, zwölf Jahre, ohne einen einzigen Tag der Ruhe, bis zu dem Tag, als er ihn im Stich gelassen hatte.

Früh morgens waren sie vor beinahe drei Tagen aufgebrochen. Der Bauer hatte in der Stadt Erledigungen zu machen. Wahrscheinlich waren seine Alkoholvorräte zur Neige gegangen. Seine Barschaft war bis auf einen kleinen Rest zusammengeschmolzen, sodass er entschieden hatte, sich auch von der großen Weide hinter dem Haus zu trennen. Die Alkoholfahne des Bauern hatte entsetzlich gerochen, aber er hatte sich, auf dem Beifahrerplatz sitzend, nichts anmerken lassen. An einem Feldweg hatten sie auf halber Strecke gehalten, um ihre Notdurft zu verrichten. Er war wohl zu weit in den Wald hineingelaufen. Vielleicht hatte er auch zu viel Zeit benötigt. Als er zum Wagen zurückkehren wollte, war dieser jedenfalls verschwunden. Der Bauer war ohne ihn losgefahren. Hatte er ihn einfach vergessen? Nein, das war unmöglich! Er hatte mit Sicherheit gewartet und gerufen und er hatte es einfach nicht gehört. Und dann war der Bauer einfach ohne ihn losgefahren, im festen Glauben, dass auch er ihn verlassen hatte, nach seinen Söhnen und nach seiner Frau.

Einige Zeit hatte er am Straßenrand gewartet, in der Hoffnung, dass der Bauer zurückkehren würde. Nichts war geschehen. War dem Bauern etwas zugestoßen? Entsetzliche Selbstvorwürfe marterten sein Gewissen. Er hatte versagt. Vielleicht lag der Bauer schwer verletzt im Straßengraben und er war nicht da, um ihm zur Seite zu stehen.

Da keines der wenigen Fahrzeuge, die an ihm vorbeirauschten anhielt, um ihn wenigstens ein Stück weit in Richtung des Hofes mitzunehmen, hatte er sich schließlich zu Fuß auf den Weg gemacht.

Er kannte den genauen Weg nicht. Der Straße zu folgen, schien ihm jedoch mit Umwegen verbunden. Zu groß war die Gefahr, bei Gabelungen oder Kreuzungen den falschen Weg zu wählen. Er entschloss sich daher, querfeldein, immer in Richtung der untergehenden Sonne zu laufen.

Drei Tage war er unterwegs gewesen. Seinen Durst konnte er an den vielen Quellen und Bachläufen stillen, seinen Magen jedoch quälte bald ein beißender Hunger. Die Nächte waren kalt gewesen und er hatte keinen ausreichend schützenden Schlafplatz finden können. Seine Hüfte, eine Erbkrankheit, mit der er schon lange Probleme hatte, schmerzte mehr denn je. Nach allen Entbehrungen hatte er aber dennoch endlich sein Ziel erreicht. Es lag direkt vor ihm. Er war erfüllt von Stolz und freudiger Erwartung. Andererseits quälte ihn jedoch die Sorge, den Bauern nicht wohlbehalten vorzufinden.

Es geschah, als er gerade auf den kleinen Hohlweg einbiegen wollte, der direkt hinunter zum Hof führte. Es passierte völlig unvermittelt, zu schnell, um das wirkliche Geschehen zu begreifen. Sein Kopf schien zu explodieren. Er hörte den Knall des wohl gezielten Schusses nicht. Er war schon tot, als sich sein gesamter Körper, gepeitscht von der Wucht des Schusses, über seine Vorderläufe hinweg überschlug.

Es waren nur die letzten Regungen der Nerven, die seinen gesamten Leib bis zur Schwanzspitze noch einige Male zucken ließen.

Der Schütze warf mit zufriedenem Gesicht und geübten Bewegungen die leere Patronenhülse aus dem Gewehr. Aufgrund der sich ausbreitenden Tollwut in den umliegenden Revieren waren alle Jäger angewiesen, streunende Hunde sofort zu erschießen.

Nur ein Engel

Als es passierte, lag die kleine Elisabeth in ihrem Bett. Sie war von dem nervenzerreißenden Geheule der Luftschutzsirene wach geworden. Noch im Halbschlaf hörte sie ihre Mutter die Treppe zu ihrem Zimmer hinunterpoltern. Gleich würde sie hineinstürzen, sie in eine Wolldecke wickeln und sie im Laufschritt zum nahe gelegenen Luftschutzkeller tragen.

In den letzten Wochen war es fast schon alltäglich geworden, zwischen Bunker und Zuhause zu pendeln, während die alliierten Bomber ihre tödliche Last über der Stadt abluden. Dennoch hatte sich Elisabeth nicht daran gewöhnt. Sie empfand jedes Mal die gleiche Angst, wenn die Sirenen tönten und aus der Ferne die Sternmotoren der feindlichen Bomber wie ein Schwarm riesiger Hummeln herandröhnten, wenn aufgeregte Mitglieder des Volkssturms mit lautem Geschrei die Flakgeschütze besetzten und der Angstschweiß der Mutter in ihr Gesicht tropfte. Nur das Weinen war weniger geworden und einem stillen und ohnmächtigen Zittern gewichen.

Heute war alles anders als sonst. Noch bevor die Mutter die Tür zum Kinderzimmer aufstoßen konnte, war alles um Elisabeth in einen sonnenhellen Blitz getaucht. Noch bevor sie geblendet ihre Augen schließen konnte, sah sie, wie sich die Wand neben ihrem Bettchen auf sie zubewegte. Es ertönte lautes Krachen. Dann plötz-

lich – Stille. Die Bombe hatte ihre Ohren betäubt und Elisabeth die Schmerzens- und To-
desschreie der Menschen in ihrer Umgebung
erspart. Lediglich die Staubwolke, die ihr fast
den Atem nahm und den Mund mit feinem Sand
füllte, drang in ihr Versteck. Elisabeth verharrte
noch lange regungslos in ihrem Bett. Irgendwann musste die Mutter doch kommen, um sie
zu holen! Aber nichts dergleichen geschah, so
dass sie es schließlich wagte, ihren Schutzraum
zu verlassen. Sie musste dazu einige Steine
und losen Sand fortschieben, was ihr jedoch ohne Mühe gelang. Elisabeth war noch zu klein,
um zu verstehen, welches Glück sie gehabt hatte: Das Haus hatte einen Volltreffer erhalten.
Die Wand neben Elisabeths Bett war genau in
der Mitte zerbrochen. Der obere Teil war in einem Stück umgeklappt, aber nicht zertrümmert
worden. Er war so mit dem unteren Teil der
Wand verbunden geblieben, dass sich darunter
ein Hohlraum gebildet hatte, genau dort, wo Elisabeths Kinderbett stand. Voller Entsetzen
schaute sich Elisabeth um. Das Haus, in dem
sie geboren war, war nicht mehr vorhanden. Elisabeth stand in einem riesigen Berg voller
Schutt und zertrümmerten Einrichtungsgegen-
ständen. Direkt vor ihr lugten die Engelsflügel
hervor, die ihr die Großmutter für das kommen-
de Krippenspiel gebastelt hatte. Sie sollte einen
Engel spielen und war so stolz auf die Rolle gewesen. Stundenlang hatte sie vor dem Spiegel

„Gütiges Lächeln" geübt und damit die Mutter immer wieder zum Lachen gebracht. Mutter lachte nicht mehr sehr viel, seitdem Vater im vergangenen Jahr an der Ostfront gefallen war. Elisabeth zog die Flügel unter dem Schutt hervor und befreite sie, so gut sie konnte von dem schwarzbraunen Staub, der sich aus den Trümmern des Kamins darauf ergossen hatte. Dort, wo früher die Tür zu ihrem Zimmer gewesen sein musste, hatte sich ein besonders hoher Hügel von Schutt gebildet. Obwohl Elisabeth erst sieben Jahre alt war und die Tragweite dessen, was geschehen war, noch nicht überschauen konnte, begriff sie sehr wohl das Grauen, das sich vor ihren Augen auftat. Dort, wo die Steinbrocken besonders schwer schienen, ragte eine leblose Hand aus den Trümmern hervor. Es war die Hand ihrer Mutter. Elisabeth erkannte die grüne Strickjacke, die Mutter so gerne trug und auch die zarten weißen Finger mit dem kleinen Goldring, die ihr immer die Haare aus der Stirn gestreichelt hatten. Elisabeth war ein kluges Kind. Sie begriff, dass sie ihrer Mutter nicht mehr helfen konnte. Ein letztes Mal berührte sie die Hand, um den Ring abzustreifen, wie ein ewiges Andenken. Dann setzte sie sich auf einen großen Stein, drückte Ring und Engelsflügel fest an sich und starrte, keiner Träne fähig und wie hypnotisiert, in das Trümmerfeld. Sie nahm die Plünderer, die alsbald die Trümmer nach Brauchbarem oder

Wertvollem durchsuchten, nicht wahr. Sie bemerkte auch die Luftschutzhelfer nicht, als sie die Mutter aus ihrem Steingrab befreiten und forttrugen. Einer von ihnen, Herr Gruber, ein Nachbar, streichelte ihr über den Kopf und schüttelte sie ein wenig. Sein leises „Gott sei Dank! Du bist unverletzt. Gleich holt dich jemand ab!", drang nicht bis in ihr schwer verletztes Gemüt vor. „Nein", wusste Elisabeth, „mich holt niemand ab. Mama und Papa haben die Engel abgeholt."

Wie in Trance erhob sich Elisabeth, als die Mittagssonne einen warmen Spätsommertag brachte und suchte in den Trümmern nach nützlich scheinenden Dingen. Sie fand den kleinen Koffer, den sie von Tante Gertrud zum Geburtstag bekommen hatte. Ihr Kleiderschrank lag auf den Türen, so dass Elisabeth ihn nicht öffnen konnte. Durch den Sturz war aber eine Seite so weit aufgeborsten, dass Elisabeth einige Kleidungsstücke daraus hervorziehen konnte. Sie tauschte ein samtweiches zartgelbes Kleid gegen ihren Schlafanzug. Mit den dafür vorgesehenen Sicherheitsnadeln befestigte sie die Engelsflügel an der Rückseite ihrer warmen Jacke, die merkwürdigerweise noch immer an ihrem Wandhaken hing, so als wäre nie eine Bombe gefallen. Sie fand sogar ihre festen Schuhe, zwei Paar Socken und etwas Unterwäsche. Alles was sie nicht am Leibe trug, packte sie mit aller Sorgfalt in den Koffer und machte sich auf den Weg: Ein kleiner Engel mit schwarzen Flügeln auf dem Weg zu Tante Gertrud, von der sie nicht einmal wusste, wie diese mit Familiennamen hieß, geschweige denn in welcher Stadt sie wohnte.

Elisabeth schloss sich dem Strom der vielen Flüchtlinge an, der aus dem Osten kommend die Stadt durchquerte. Alle gingen in dieselbe Richtung. Das musste auch der Weg zu Tante Gertrud sein. Alle diese Menschen konnten sich nicht irren. Oft wurde Elisabeth von Fremden angesprochen. Alle wollten wissen, wie sie heiße, woher sie komme oder wer sie sei. Elisabeth machten diese Menschen Angst. Deshalb marschierte sie in der Nähe einer älteren Frau, die, wohl auch allein, mit einem kleinen, randvoll beladenen Handkarren unterwegs war. So sah es aus, als gehörte Elisabeth zu ihr und sie wurde nicht mehr belästigt. Es dauerte jedoch nicht lange, bis die Alte das kleine Mädchen mit den Engelsflügeln bemerkte. „Wenn du schon an meinen Fußsohlen klebst, hilf mir wenigstens die Karre ziehen. Vielleicht habe ich dann sogar noch einen Kanten Brot für dich über." Die Alte klang weder freundlich noch abweisend, eher sonderbar gefühllos. Dennoch schien sie es ehrlich zu meinen und Elisabeth gab sich alle Mühe, ihr zu helfen. Der Alten genügte das offensichtlich nicht und sie begann mit ihr zu schimpfen. Fortwährend redete sie wirr, begleitet von teils blutigen Hustenanfällen.

Immer wieder wischte sie sich fiebrigen Schweiß von der Stirn. Gegen Abend begann sie sogar mit einer Weidenrute nach dem Kind zu schlagen. Elisabeth spürte, wie die Striemen auf ihrem Rücken zu schwellen begannen und wund wurden. Sie versuchte wegzulaufen, aber die Alte hielt sie mit aller Gewalt fest, schlang ihr ein Seil um den Bauch und zwang sie weiterzuziehen. Die Alte durfte leben, dachte Elisabeth in ihrer Ohnmacht und Mama hatte sie allein gelassen, war bei den Engeln und ließ es sich gut gehen.

Die Nacht verbrachten sie in einer halb verfallenen Scheune, die noch viele andere Flüchtlinge als Zuflucht gewählt hatten. Elisabeth aß nur wenig von dem harten Kommissbrot, das sie von der Alten erhielt. Mit einer Flasche übel riechendem Wasser in der Hand schlief sie ein, ohne davon getrunken zu haben.

Mitten in der Nacht wurde sie wach gerüttelt Mit angstverzerrtem Gesicht beugte sich die Alte über sie. Ihr Atem ging röchelnd und sie wirkte noch verwirrter als am Tage zuvor. „Ich habe gleich gewusst, wer du bist, schwarzer Engel!", stammelte sie wie irre und mit den Augen rollend, „Du willst mich holen, aber ich will noch nicht. Ich komme dir zuvor!" Sie machte Anstalten mit beiden Händen nach Elisabeths Kehle zu greifen. Es gelang ihr nicht mehr. Mitten in ihrem Angriff erstarben alle Bewegungen. Wie ein gefällter Baum fiel sie über Elisabeth hinweg und blieb mit starren, glasigen Augen im Heu liegen.

Am nächsten Tag reihte sich Elisabeth wieder in den nicht enden wollenden Strom von Flüchtlingen ein. Ihren Koffer zog sie auf dem Handkarren hinter sich her. Ein kleiner Engel mit schwarzen Flügeln und einem alten Handkarren. Die Alte und deren restliche Habseligkeiten hatte sie in der Scheune einfach liegen gelassen.

Gegen Mittag holte sie ein Mann mittleren Alters ein und schritt zunächst schweigend neben ihr und ihrem Handkarren. Er wirkte krank, schwitzte stark und roch unangenehm. Sein rechter Arm schien verletzt. Er steckte in einer improvisierten Schlinge und war mit schmutzigen Leinenstreifen behelfsmäßig verbunden. Elisabeth ahnte nicht, dass der faulige Geruch, der an dem Mann klebte, der Armverletzung zuzuschreiben war. Eine kleine Wunde hatte sich durch mangelnde Hygiene entzündet, war brandig geworden und hatte eine starke Blutvergiftung nach sich gezogen. Elisabeth ekelte sich vor dem Fremden und ging zunächst entschlossenen Schrittes voran, ohne ihn zu beachten.

Als er aber nach einer Weile seinen schweren Leinensack auf Elisabeths Wagen warf, blieb sie stehen und schaute in seine fiebrig glänzenden Augen.

„Du hast einen Wagen, ich habe ein Zelt! Wir sollten uns zusammentun!", rief er und ergriff ohne weiter zu fragen die Deichsel. Elisabeth fügte sich in ihr Schicksal, zumal sie den Wagen nicht mehr ziehen musste. Es war schon nach Einbruch der Dämmerung als René, so hatte sich der Fremde vorgestellt, das Zelt aufschlug. Es war ein sehr einfaches Zelt, geeignet für höchstens zwei Personen, aber es war dicht und vermittelte sogar ein wenig Wärme, wie Elisabeth dankbar feststellte. Schon den ganzen Tag über waren immer wieder kalte, herbstliche Regenschauer niedergegangen. René verfügte über ein kleines Sortiment von Nahrungsmitteln: Wurst, Brot, etwas Käse und Schokolade, von der er Elisabeth einen kleinen Teil abgab. Als es dunkel war, deckte er sich und Elisabeth mit einer warmen Wolldecke zu. Nach einer Weile bemerkte Elisabeth, dass René sie leicht am Arm streichelte. Etwas später begann er sie an allen möglichen Stellen ihres Körpers zu berühren. Wie vom Blitz getroffen schreckte Elisabeth hoch und schlug mit all ihren Kräften auf René ein. Sie musste dabei wohl auch seinen verletzten Arm getroffen haben, denn René schrie vor Schmerzen und packte sie mit seiner gesunden Hand so fest, dass Elisabeth ihrerseits vor Schmerzen aufschrie. „Du bist kein Engel! Du bist der Tod!" Den verletzten Arm dicht an sich gepresst ließ er von Elisabeth ab, drehte sich zur anderen Seite und schien bald eingeschlafen zu sein. Aus diesem Schlaf erwachte er auch am nächsten Morgen nicht. René war wohl an den Folgen seiner Verletzung in der Nacht gestorben.

Wenig später segelte ein kleiner Engel mit schwarzen Flügeln und einem Handkarren in dem nicht enden wollenden Strom von Menschen in Richtung Westen. Der Wagen war mit einem Koffer und einem Seesack, der nichts als ein altes Zelt und ein paar Essensvorräte enthielt, beladen.

Nach anstrengendem Marsch war es Elisabeth noch vor Einbruch der Nacht gelungen, das Zelt aufzurichten, ein wenig Holz zu sammeln und ein kleines Feuer zu entzünden.

Viele Menschen mit leeren Blicken zogen an ihr vorbei. Nur wenigen gelang es, ihr ein kleines Lächeln zuzuwerfen. Die Entbehrungen und das Leid der letzten Tage, Wochen und Monate und der Mangel an Schlaf und Nahrung hatten die meisten Menschen in nahezu willenlose Untote verwandelt. Eine ausgemergelte Frau schleppte einen Jungen auf ihrem Rücken. Er mochte wohl ungefähr in Elisabeths Alter sein und hing schlaff und schwach über den Schultern seiner Mutter. Obwohl der Junge sehr abgemagert war, gelang es der Frau kaum noch sein Gewicht zu halten.

„Lass mich sitzen, nur einen Moment, bitte!", flehte sie. Elisabeth erlaubte es ihr.

Nach einer Weile brach die Frau das Schweigen: „Sind schon lange unterwegs. Weg wegen den Russen." Elisabeth nickte, obwohl sie noch nie einen Russen gesehen hatte. Sie kannte nur die lustigen Propagandabilder aus der Zeitung, wo die Russen immer Fellmützen trugen, dunkle Rauschebärte hatten und Wodka tranken. Sie erkannte aber zunehmend, dass von ihnen eine große Gefahr ausgehen musste, wenn so viele Menschen vor ihnen flohen. Schweigend bot sie der Frau von ihrem Brot an, das diese gierig verschlang. Der Junge, er hieß Karl, schaute sie müde an. Ihm reichte sie einen Riegel Schokolade und entlockte ihm damit ein kleines Lächeln.

Die Frau und ihr Sohn blieben. Anfangs fühlte sich Elisabeth in der Gesellschaft der beiden sehr wohl. Es gelang den Kindern immer wieder, etwas zu essen „zu besorgen", auch wenn dies manchmal unter Einsatz ihres Lebens geschah. Brot wurde zeitweise mit Gold aufgewogen. Ging aber irgendetwas schief, schob Karl stets Elisabeth die Schuld in die Schuhe. Sie bekam dann Schelte von dessen Mutter, manchmal sogar Schläge. Mutter und Sohn waren wie siamesische Zwillinge unlösbar miteinander verbunden, fern jeder Gerechtigkeit. Elisabeth war deshalb sehr unglücklich, auch wenn sie noch immer keine Tränen fand.

Eines Tages waren die Kinder einigen versprengten Landsern begegnet. Einer von ihnen hatte ihnen eine halbe Tafel Schokolade geschenkt, die er gerecht an beide verteilte.

In einem unbeobachteten Moment entriss Karl

Elisabeth ihren Anteil, sprang mit einem Satz über den Stacheldraht am Wegesrand und floh lachend in das Feld neben der Straße. Elisabeth, die ihm voller Zorn folgen wollte, sah die Warnschilder erst im letzten Augenblick. Auch wenn sie nicht lesen konnte, so war sie sich doch deren Bedeutung bewusst. Karl war geradewegs in ein Minenfeld gelaufen. Viele der Menschen riefen entsetzt nach ihm und bedeuteten ihm zurückzukommen. Er aber lief immer weiter hinaus und stopfte sich beide Backen voll mit Elisabeths Schokolade. Auch Karls Mutter war herbeigeeilt und rief entsetzt nach ihrem Sohn, der innehielt und dem wohl zunehmend bewusst wurde, in welch missliche Lage er sich gebracht hatte. „Karl! Bleib stehen und rühre dich nicht! Ich komme dich holen!" Viele Menschen blieben stehen. Es herrschte Totenstille, als sich Karls Mutter, vorsichtig, wie auf rohen Eiern durch das Minenfeld auf ihren Sohn zubewegte. Ein erleichtertes Raunen ging durch die Reihen, als sie ihn schließlich erreichte. Der Rückweg sollte wohl gelingen. Die Spuren der Mutter waren deutlich im aufgeweichten Boden zu erkennen. Beim Zurückgehen Vorsicht walten lassen, genau in die Spuren treten und alles würde bald vorüber sein.

Ein lauter Knall aber zerstörte jede Hoffnung. Karl hatte auf dem Zünder einer Mine gestanden. Als ihn seine Mutter in ihre Arme geschlossen und vom Boden aufgehoben hatte, war die

Mine explodiert und hatte Mutter und Sohn auf einen Streich aus dem Leben geschleudert.

Auch als sich der Rauch verzogen und der Staub schon lange gelegt hatte, saß Elisabeth noch auf einem Stein am Wegesrand und starrte schweigend auf den Ort, wo Karl und seine Mutter die Welt verlassen hatten. Ein kleiner Engel mit schwarzen Flügeln, zu keiner Träne fähig.

Die Bäuerin öffnete vorsichtig die Haustüre. Die dicke Sicherungskette blieb fest mit der Tür verbunden. Man wusste ja nie, wer draußen war in diesen Zeiten. Es hatte schon mehrfach geklopft, sehr leise aber beharrlich. Der Bauer hatte schon früh am Morgen angespannt und war mit dem Knecht in den etwas entfernt liegenden Wald aufgebrochen. Das Feuerholz ging zur Neige und der nächste Winter stand vor der Tür. Er würde erst spät, möglicherweise sogar nach Einbruch der Dunkelheit zurückkehren.

Dennoch lugte die Bäuerin neugierig durch den Spalt. Vor der Tür stand ein blasses, völlig verdrecktes Mädchen von etwa sieben Jahren und starrte sie wortlos an. „Wo sind die anderen?", rief sie durch den Spalt. „Welche Anderen?", fragte das Kind zurück. " Die, mit denen du gekommen bist, deine Eltern oder sonst wer!", wollte die Bäuerin wissen.

„Meine Eltern sind bei den Engeln und ich finde Tante Gertrud nicht", erhielt sie zur Antwort. Die

Bäuerin zögerte. Das Mädchen wirkte in seinem erschöpften Zustand nicht falsch oder unehrlich. Dennoch kam es immer wieder vor, dass halbverhungerte Kriegsflüchtlinge in ihrer Not einsam stehende Häuser überfielen.

Schließlich siegte ihr Mitleid. Sie öffnete die Türe einen Spalt, sodass Elisabeth hindurchschlüpfen konnte. Zögerlich betrat das Mädchen die Stube und wandte sich ängstlich zur Tür um, als diese sich hinter ihm schloss und fest verriegelt wurde. Die Bäuerin aber wirkte nicht gefährlich und ließ sie bald ihre Angst vergessen. Sie war nicht groß und etwas pummelig. Ihre Lippen lächelten freundlich und ihre großen blauen Augen hüpften neugierig hin und her, als sie Elisabeth musterten. „Du siehst aus, als hättest du sehr viel erlebt in der letzten Zeit", sagte die Bäuerin freundlich. „Das musst du mir alles erzählen! Erstens bin ich furchtbar neugierig, was das Schicksal von kleinen Engeln angeht und zweitens tut es manchmal gut zu erzählen. Wenn jemand zuhört, ist man nicht mehr allein." Dann hielt sich die Bäuerin die Nase zu: „Aber vorher wird gebadet, du bist dreckig und verlaust und du stinkst wie ein Biber und dann wird gegessen und geschlafen." Elisabeth folgte der Bäuerin in die große Wohnküche. Unter einem riesigen Kamin prasselte auf dem Boden ein warmes Feuer. In einem großen Eisentopf erhitzte die Bäuerin Wasser und goss es in eine Zinkwanne, die sie aus dem Vorratsraum hervorgekramt hatte. Behutsam half sie Elisabeth beim Entkleiden, holte einen Waschlappen und ein dickes Stück wohlriechender Seife und wusch Elisabeth vorsichtig, aber dennoch energisch, von oben bis unten.

Dann geschah etwas gänzlich Unerwartetes, das Elisabeth zur Verzweiflung brachte. Mit einem schnellen Griff packte die Bäuerin Elisabeths zerschlissene und völlig verschmutzte Kleidungsstücke, die warme Jacke, das schöne gelbe Kleid und die Engelsflügel und warf sie mit einem Schwung ins Feuer. Elisabeth brüllte, nackt und nass in der Zinkwanne stehend vor lauter Schmerz, als sie ihre Erinnerung in den Flammen sterben sah. Sie weinte bitterlich. Auch als die Bäuerin sie sanft aus der Wanne hob, sie in ein kuschelig warmes Handtuch hüllte, sie an ihren großen Busen drückte und sie, eine beruhigende Melodie summend, sanft wiegte, versiegten Elisabeths Tränen nicht. Und als die Bäuerin ihr vorsichtig die Hand öffnete und den Ring der Mutter hineinlegte, den sie auf dem Boden gefunden hatte, weinte Elisabeth ihren Schmerz hinaus. Aber sie schlang so fest sie konnte ihre Arme um die Bäuerin, so als wollte sie sie niemals loslassen.

Elisabeth war zu Hause angekommen. Ein kleiner blasser Engel ohne Flügel.

Vive le roi

Auch an diesem Morgen war Egmont, der Dritte seines Namens, von zweien seiner Dienerinnen eingekleidet und gepflegt worden. Er war umgeben von den Düften der Seifen und Parfüms, die er so liebte. Sein samtenes Beinkleid schmeichelte perfekt der Haut seiner Schenkel. Das Schuhwerk war geschmeidig und leicht. Das schneeweiße, wohlig wärmende Hemd, am Rücken sorgfältig geschnürt, umgab seinen Oberkörper wie eine zweite Haut. Die Ärmel waren geschmückt mit Bändern, die bis an seine Knie reichten.

Wie an jedem anderen Tage wurde er auch heute von seiner Leibgarde zur Frühstückstafel geleitet. Der Saal war schon belebt von vielen seiner Untertanen und es herrschte erregtes Treiben. Ja, vieles hatte sich verändert. In der Regierungszeit seines Vaters hatte sich der Hofstaat noch versammelt und, ehrerbietig an den Plätzen stehend, das Erscheinen des Regenten abgewartet. Heutzutage hatten aber schon einige aus der Gefolgschaft vorzeitig damit begonnen, ihr Frühmahl einzunehmen. Wie immer nahm er diesen Umstand ohne zu tadeln hin. Schließlich nahm der Großteil seiner Gefolgschaft sein Erscheinen gebührend wahr: Man erhob sich und bildete, begleitet von tiefen Verbeugungen und verbalen Huldigungen, eine Gasse zu seiner angemessen ausgestatteten

Tafel, an der er sich ohne Umschweife niederließ.

Hier, beim Frühmahl zeigte er, so wie es in seiner Dynastie stets üblich gewesen war, Bescheidenheit. Sein Mahl unterschied sich in keiner Weise von dem des Volkes. Er verspeiste ein Brot mit Schinken, eines mit Konfitüre und ein hart gekochtes Ei. Lediglich die Arzneien, die ihm von seinem Leibmedikus in einer kristallenen Schale angereicht wurden, unterschieden sich vom Frühmahl seiner Untergebenen. Dennoch sehnte er sich häufig danach seine Speisen in ihren Reihen einnehmen zu können, denn wie an jedem Morgen litt er unter der Last, beobachtet zu werden: Etliche Wachen sorgten beständig für seine Sicherheit, Neider missgönnten jeden Bissen, Liebende lechzten nach seiner Nähe und Zuwendung und sei es nur durch einen kurzen Kontakt der Blicke.

Ausreichend gesättigt richteten sich seine Gedanken auf die Herausforderungen des heutigen Tages. Dieser versprach ein sonnenreicher, himmelblauer und warmer Sonnentag zu werden. Er beschloss daher, sich vor Aufnahme der Geschäfte ein wenig in der weitläufigen Gartenanlage seines Anwesens zu ergehen.

Entschlossen erhob er sich und verließ gemessenen Schrittes den Saal. Auch heute vergaß er dabei nicht, den ein oder anderen der verdienten Untertanen mit gnädigem Blick oder einem huldvollen Lächeln für die erwiesene Treue zu entlohnen.

Er durchschritt den Weg zu den Gartenanlagen des Palastes wie üblich durch den langen, links und rechts mit Gemälden geschmückten Korridor. Portraits seiner Ahnen, Abbildungen der zahlreichen Ländereien und ebenso Stillleben, bestückt mit Kleinodien aus der Geschichte seiner Familie säumten den Weg und erzählten vom Ruhm und Reichtum vergangener Tage.

Die Torwachen huldigten ihm, wie es die höfliche Etikette verlangte. „Guten Morgen, Majestät, wünsche wohl geruht zu haben!", tönten beide wie aus einem Munde. Egmont entging jedoch nicht das leicht zynische Lächeln in den Gesichtern der Wachmänner, das jeden seiner Schritte begleitete. Er beschloss am Nachmittag seinen Hofmarschall auf diesen Umstand aufmerksam zu machen, um diesem unverschämten Vorgang strafend Einhalt zu gebieten. Diese ungehobelten Bauernklötze galt es umgehend zu entfernen.

Der Anblick, der sich ihm bot, als er auf die Terrasse des Palastes hinaustrat, ließ ihn seinen Groll schnell vergessen. Ein strahlendes Blau überzog den Himmel, während eine wohlig wärmende Sonne seinem Antlitz schmeichelte. Mit Stolz ließ er seinen Blick über das Anwesen schweifen. All dies hatten seine Vorfahren geschaffen und er hatte geschworen, es für seine Nachkommen zu erhalten. Seine Nachkommen ... – Seine geliebte Gattin hatte der Herr schon vor Jahren zu sich geholt und sein einziger Sohn war verschollen. Seine Konkubine Sybille hatte schon seit geraumer Zeit sein Nachtlager nicht mehr mit ihm geteilt.

Indigniert hatte er erleben müssen, wie seine eigenen Wachen Sybille aus seinen Gemächern entfernt hatten. War sie seinen Beratern nicht standesgemäß erschienen? Litt sie an der Französischen Krankheit? Sollte sich herausstellen, dass es sich bei Sybille um eine gemeine Verräterin handelte? Noch heute wollte er diesem Sachverhalt rigoros auf den Grund gehen. Die Gehwege waren mit Splittern von Alabaster und Marmor bestreut, glitzerten im Sonnenlicht und knirschten leicht unter seinen rehledern überzogenen Sohlen.

Egmonts Blick war scharf wie eh und je: Ein Mann seines Standes durfte sich niemals in Sicherheit wiegen. Es entging seinen geschärften Augen nicht, dass ein älteres, der Kleidung nach zu urteilen wohl ein verarmtes Grafenpärchen, tuschelnd die Köpfe zusammensteckte, ohne die Blicke von ihm abzuwenden. Ein Gärtner, der den Buchsbaum zu seiner Rechten beschnitt, verfolgte jeden seiner Schritte, jedoch ohne in seiner Arbeit innezuhalten. Seine besondere Aufmerksamkeit erweckte ein stämmiger, ganz in Weiß gekleideter Recke, der seinen Weg kreuzte und ihn, begleitet von einem kriecherischen Lächeln, mit tiefer Verbeugung grüßte. Egmont wusste genau, dass ein gesundes Misstrauen gegenüber allem und jedem in seiner Umgebung sich als lebenserhaltend erweisen konnte. Angehörige seines Standes waren, wie die Geschichte bewies, stets gefährdet durch Neider und Rebellen, die ihnen nach dem Leben trachteten.

Sein Mundschenk freilich, der eine geraume Zeit seine Speisen vorgekostet hatte, war auf unerklärliche Weise wieder verschwunden. Egmont erschien es jedoch als recht, hatte er sich doch stets große Teile seiner Mahlzeiten einverleibt.

Dennoch, trotz allen Misstrauens, genoss Egmont seinen morgendlichen Spaziergang. Der gesamte Park war belebt von buntem Treiben. Der ganze Hofstaat schien auf den Beinen zu sein, um diesen wunderbaren Tag zu genießen. Man scherzte und lachte, sprang wie toll über die Rasenflächen, saß sinnierend in von Rosen umrankten Pavillons oder genoss die Sonnenstrahlen auf den zahlreichen Bänken.

Egmont bevorzugte eine kleine Holzbank am nahe gelegenen See. Der See war übersät von Seerosenblüten. Zahlreiche Libellen tanzten über der Wasserfläche und eine Entenmutter führte ihre zahlreichen Nachkommen stolz am Ufer aus. Egmont kehrte immer wieder hierhin zurück. Nur hier fand er die nötige Ruhe, um sich von seinen anstrengenden Regierungsgeschäften zu erholen. Nur hier war er in der Lage, die Einsamkeit zu erleben, nach der er wie ein Ertrinkender lechzte.

An diesem Morgen war alles jedoch anders. Ein Fremder hatte sich erdreistet sich dort, an seinem höchsteigenen Platze, niederzulassen.

Ein Schock durchfuhr Egmonts gesamten Körper. Trotz aller Echauffiertheit über die bodenlose Frechheit des Fremden begriff er sofort, dass er in höchster Gefahr schwebte. Wie hatte es dieser Brigant geschafft, die Reihen der Wachen zu durchbrechen und zu diesem allergeheimsten Ort zu gelangen? Auch wenn der Fremde ihm seinen Rücken zuwandte und damit sein Antlitz verbarg: Egmont wusste genau: Er stand vor seinem Mörder! Der Fremde war erschienen, um ihm kaltblütig das Leben zu nehmen.

Egmont unterdrückte den Drang nach seinen Wachen zu rufen. Noch schien der Fremde sein Erscheinen nicht wahrgenommen zu haben. Der Ruf nach den Wachen aber konnte ihn aus seiner Starre erwecken, ihn, bevor diese herbeigeeilt waren, aufspringen lassen und ihm blitzschnell den todbringenden Stahl in den Leib rammen. Egmont wusste, dass er höchstpersönlich handeln musste, um das Schicksal abzuwenden. Geschickt nestelte er den kleinen Dolch aus schimmerndem Elfenbein, den er stets bei sich trug, aus seinem weiten Ärmel. Der Dolch war ein altes Erbstück, seit Generationen von Vater zu Sohn weitergegeben. Es war eine schlichte Waffe ohne jeglichen Zierrat,

34

aber mit einer scharfen gezackten Klinge versehen.

Egmont zögerte nicht. Mit lautem Kampfschrei
stürzte er sich entschlossen auf den Feind und
stach ohne zu zögern auf dessen Rücken ein.
Egmonts mutigem Angriff war jedoch kein Glück
beschert. Schon beim ersten Stich zersprang
die dünne Klinge an der ledernen Weste des
Fremden. Mit schreckverzerrtem Gesicht
sprang dieser, ein junger Mann dessen Kinn
noch kein Bart zierte, auf und rang verzweifelt
darum, sich Egmonts wütender Fausthiebe zu
erwehren. Zu Egmonts Verblüffung zog er jedoch keine Waffe und unternahm auch keinen
Versuch zur Gegenwehr.

Er schrie stattdessen: „Vater! Hör auf! Was tust
du nur!" Egmont ignorierte das Geschrei und
machte sich die Überraschung des Fremden zunutze. Er griff mit beiden Händen nach dessen
Kehle und drückte zu, bis dieser röchelnd vor
ihm zusammenbrach.

Zwei seiner Wachen waren inzwischen herbeigeeilt. Zu Egmonts Verblüffung machten sie jedoch keine Anstalten ihm zu huldigen und zu
seinem Sieg zu gratulieren. Im Gegenteil: Sie
fielen über ihn her, warfen ihn zu Boden und
fesselten seine Hände mit den Bändern seines
eigenen Hemdes auf den Rücken. Er spürte
noch einen leichten Stich im Halse. Dann wurde
es Nacht.

Aus dem Bericht des diensthabenden Arztes, Dr. med. G. von Stolzenfels:

... Seine psychische Situation war in den letzten Wochen sehr stabil. Die Medikamente hatten gut angeschlagen, sodass es seit seiner Einlieferung am 3. März zu keinen aggressiven Ausfällen mehr gekommen war. Lediglich die Wahnvorstellungen bezüglich seiner adeligen Stellung und Herkunft blieben persistent. Den diesbezüglichen Spott der anderen Patienten, leider auch vonseiten einiger Angehöriger des Personals, schien er in keiner Weise zu realisieren.

Gemäß der gemeinsamen Beratung im Team (vergl. dazu Protokoll vom 12. Juni) bestand kein Grund, ihm bei großzügiger Beobachtung den Aufenthalt in der geschlossenen Gartenanlage zu verweigern. Der Aufenthalt in der Natur schien ihn zu beruhigen und zu stabilisieren. In der bestehenden Situation war daher mit dem tätlichen Angriff auf den zu Besuch erschienenen Sohn nicht zu rechnen. Das Kunststoffmesser hatte der Patient in einem unbeobachteten Moment vom Frühstücksbuffet entwendet. Obwohl von den hier im Hause verwendeten Einwegbestecken kein wesentliches Gefährdungspotenzial ausgeht, sind diese für die Patienten grundsätzlich nicht frei zugänglich. Auch wenn das Messer als Tatwaffe wirkungslos blieb, müssen die Umstände, die dazu führten, dass der Patient seiner habhaft werden konnte, intern untersucht werden.

Lobend zu erwähnen ist das schnelle und umsichtige Verhalten der beiden Pflegekräfte Grümer und Hembeck. Nach Sicherstellung des Patienten durch Zwangsjacke und Sedierung mit Propofol, konnte im zweiten Schritt der Sohn des Patienten erfolgreich und rechtzeitig wiederbelebt werden. Abgesehen von dem erlittenen schweren psychischen Schock sind hier keine weiteren gesundheitlichen Folgen zu erwarten.

Tausend Jahre wie ein Tag

Er wusste sofort, was passiert war, als es dunkel wurde, wobei das Wort „dunkel" nicht das beschreiben konnte, was um ihn herum geschehen war. In der Dunkelheit sind manche Dinge noch schemenhaft erkennbar, manchmal auch fühlbar.

Das jedoch, von dem er umgeben war, war tiefe Schwärze. Nicht das kleinste Geräusch gelangte an seine Ohren. Als er versuchsweise in die Schwärze hineinrief, blieb seine Stimme unhörbar. Nicht einmal die Bewegung seiner Lippen konnte er verspüren. Erst jetzt bemerkte er, dass er auch zu keiner anderen Bewegung fähig war. Nicht dass er sich gefangen fühlte. Sein Zustand war nicht unangenehm. Genauer betrachtet fühlte er sich körperlich weder wohl noch unwohl. Lediglich in seinem Geist machte sich eine von Ungewissheit geprägte Unruhe breit. Gerade noch hatte er, umgeben von seiner Familie in seinem Bett gelegen und wie schon seit Wochen wortlos an die Zimmerdecke gestarrt. Alle waren sie da gewesen: seine liebe Frau, seine Tochter, sein kleiner Enkel und dann war er in dieses schwarze Loch gefallen. Er war einfach gefallen, ohne die geringste Chance sich zu widersetzen und zu entkommen.

Er wusste sofort, was passiert war: Man hatte die Maschinen abgeschaltet.

Schon lange hatte er geahnt, dass es eines Tages so weit kommen könnte. Zu oft hatte er versucht seinen Körper zu irgendeiner Regung zu zwingen. Fußtritte, ein verzweifelter Schrei, selbst ein Zucken der Finger oder der Augenlider hätten genügt, um zu zeigen, dass er noch da war, dass er noch lebte. Voller Panik hatte er immer wieder versucht, zumindest seinen Atem oder den Herzschlag zu kontrollieren, nur um zu sagen: „Hier bin ich, ich bin noch da!" Alle seine Bemühungen waren ergebnislos geblieben und er hatte schließlich versucht, sich in sein Schicksal zu ergeben. Natürlich nicht ohne jemals die Hoffnung zu verlieren, dass die Zeit Heilung brächte und ihn wieder in sein altes Leben zurückkehren ließe, zurück zu denen, die er so liebte.

Auch sie hatten gewusst, was geschehen würde. Er hatte es in ihren tränenerfüllten Augen lesen können, wenn sie sich über sein Gesicht gebeugt hatten, wenn sie zu ihm sprachen, als könnten sie eine noch so kleine Antwort erzwingen. Ja, auch sie hatten Bescheid gewusst. Schließlich hatte er ja selbst verfügt, dass er auf lebenserhaltende Systeme verzichten wolle. Wäre es ihm möglich gewesen, so hätte er in diesem Moment gelächelt. Aber Zynismus war in dieser Situation kaum angebracht. Er war hilflos gefangen im Dunkel seiner selbst. Sein großer Feind war das einzige Gefühl, zu dem er fähig schien, die unterschwellige Panik, die sich in den tiefsten Winkeln seines Geistes breitmachte. Sie galt es zu bekämpfen. Seine einzige Waffe war die Welt seiner Gedanken und Erinnerungen.

Wie im Traum begannen seine Gedanken schließlich zu schweifen. Viele Erinnerungen an vergangene Tage zogen an ihm vorüber. Es waren gute und schlechte Erinnerungen und er war jetzt in der Lage, sie völlig emotionslos und objektiv zu betrachten. Selbst intensive Gefühle, die er in seinem Leben empfunden hatte, die Liebe zu seiner Mutter und zu seiner Frau, die sein Leben viele Jahre treu begleitet hatte, die Liebe zu seinem Kind und seinem Enkel, der Hass gegenüber seinem sadistischen Lateinlehrer und das sehr ambivalente Verhältnis zu seinem Vater überdachte er plötzlich, fast sezierend, in akribischer Analyse. Neben jeder anderen Empfindung hatte er auch jegliches Gefühl für Zeit verloren. Wie viel Zeit war inzwischen vergangen? Tage? Monate? Jahre? War er wirklich an einem Ort, an dem er in seiner Lage überdauern konnte? Oder waren vielleicht nur Sekunden vergangen, seitdem der Oberarzt den Stecker gezogen hatte? Nichts um ihn herum bewegte sich, alles stand still. Andererseits hatte sich aber doch etwas verändert. Zunächst hatte er es gar nicht bemerkt. Plötzlich gab es doch ein Vorher und ein Nachher! Er fühlte sich mit einem Mal leichter, unbeschwerter, so als wenn ein Teil seines Geistes losgelassen und

40

befreit wäre. Wie nur war so etwas möglich? Auch das Gefühl der Panik, in den Hinterzimmern seines Bewusstseins, schien sich zurückzuziehen. Noch während er darüber nachdachte trat der gleiche Effekt ein weiteres Mal ein. Diesmal noch heftiger, noch befreiender. Er fühlte, wie sich sein Geist geradezu erwärmte.

Der Tod des Gatten, Vaters und Großvaters war für alle ein schreckliches Erlebnis. Niemand hatte anfangs damit gerechnet. Nach dem eigentlich harmlosen Sturz von der Leiter war er aus dem Koma nicht mehr erwacht. Lunge und Herz hatten ihre selbstständige Funktion eingestellt. Die Ärzte hatten im Einvernehmen mit der Familie und gemäß der Verfügung gehandelt und die Maschinen abgestellt. Die erste Zeit, auch noch nach der Bestattung, war für alle eine schwere Zeit gewesen. Immer wieder holte sie die Erinnerung an den Verstorbenen ein und damit die tiefe Trauer über den Verlust. Tränen und Schmerz begleiteten diese Zeit.

Mehr und mehr heilte aber die Zeit alle Wunden. Das Leben ging weiter und diese alte Weisheit bekam damit ihr Recht. Der kleine Enkel wechselte die Schule. All die vielen neuen Eindrücke verwandelten den Schmerz über den Verlust des heiß geliebten Opas bald in eine leicht wehmütige, liebevolle Erinnerung.

Seine Tochter lernte als Nächste loszulassen. Ihr neuer Freund und ihr Job, der sie sehr erfüllte, halfen ihr dabei. Trauer verwandelte sich im Lauf der Monate mehr und mehr in Dankbarkeit für das unumstößliche Vertrauen und den Beistand, den sie von ihrem Vater gerade in den letzten Jahren erfahren hatte.

Der Gattin gelang es erst sehr viel später, ihren Mann in Frieden gehen zu lassen. Es dauerte Jahre, bis sie sich entschied, das Haus zu verlassen, das sie in jahrelanger Arbeit voller Liebe aufgebaut und gepflegt hatten. In jeder noch so kleinen Ecke überfiel sie die Erinnerung an diese anstrengenden, aber dennoch sehr schönen Zeiten. All die persönlichen Dinge, die er in seiner Sammelleidenschaft angehäuft hatte, begegneten ihr täglich und sie war nur selten in der Lage sich von etwas zu trennen. Täglich ertappte sie sich weinend und voller verzweifelter Trauer in einem der beschaulichen Winkel ihres Hauses oder Gartens.

Schließlich jedoch entschied sie sich, aufgrund der langen Überzeugungsarbeit ihrer Tochter und einer Freundin, die Vergangenheit hinter sich zu lassen und in einer Seniorenpension neu zu beginnen.

Es war eine gute Entscheidung gewesen, die ihr noch einige unbeschwerte, oft sogar glückliche Zeiten bescherte.

Genau zu dieser Zeit verließ ihr geliebter Mann, endlich losgelassen von den Ketten der Trauer und Erinnerungen, diese Welt.

Vereist

Es war ein verregneter Morgen im Juni, als das Ereignis zum ersten Mal auftrat. Jannik schaute auf seinen Wecker und erschrak. Es war viel zu spät, um noch pünktlich bei der Arbeit zu erscheinen. Schon zum dritten Mal in dieser Woche. Der Chef hatte bereits wiederholt mit einer Abmahnung gedroht. Diesmal, so befürchtete Jannik, würde er Ernst machen. Er wusste genau, dass er den Wecker eingeschaltet hatte. Was war los mit dem vermaledeiten Ding?

Voller Wut griff Jannik nach dem kleinen digitalen Funkwecker und hielt ihn dicht an sein Ohr. Statt des lauten, schnellen und unerträglich hohen Zirpens nahm er aber nur einen tiefen, sonoren und kaum hörbaren, durchgängigen Ton wahr. „Kaputt! So ein Mist!", war seine Schlussfolgerung. Missgelaunt warf er den Wecker unsanft auf den Beistelltisch neben seinem Bett. Die Plexiglasscheibe bekam einen Riss. So schnell er konnte, sprang er in seine Jeans, streifte sich sein Sweatshirt von gestern über und hechtete ins Bad. Obwohl Jannik schon zweiunddreißig war, lebte er immer noch bei seiner Mutter. Warum, so dachte er, sollte er sich den Stress und die Kosten einer eigenen Wohnung antun, Wäsche selbst waschen, bügeln, putzen, aufräumen, einkaufen und was noch alles dazugehörte. Da war das Leben im Hotel Mutti doch viel bequemer. Jannik dachte nicht im Traum daran, irgendetwas an dieser Situation zu ändern, solange Mutter mitspielte und ihn nicht vor die Tür setzte. Die Wahrscheinlichkeit, dass sie dies tun würde, war aber nicht besonders hoch. Seine Mutter hing an ihm wie ein Kaugummi unter dem Turnschuh, besonders seitdem Vater bei einem Betriebsunfall umgekommen war. Jannik und dessen Hege und Pflege schien ihr ganzer Lebensinhalt zu sein. Vielen seiner Freunde wäre die übertriebene Fürsorge seiner Mutter irgendwann auf den Geist gegangen. Jannik aber genoss diesen Zustand in vollen Zügen.

Die einzige Schwachstelle in seinem Leben war die Sache mit der Arbeit. Irgendwie wollte niemand einsehen, dass Jannik das optimale Verhältnis zwischen dem Minimum an Arbeit und dem Maximum an Gehalt vom Leben erwartete. Darüber hinaus war er der Ansicht, dass ein erhöhtes Maß an Arbeit sich durchaus als gesundheitsschädigend erweisen konnte.

Janniks anfänglicher Elan erstarb bei dieser morgendlichen Gedankenflut, die über ihn hereinbrach. In gewohnter Zeitlupe pflegte er seine Zähne, gelte seine Haare, versaute die Toilette (na ja, Mutti wird's schon richten) und versprühte eine halbe Dose Deo auf diversen Körperstellen, da er beschlossen hatte, in Anbetracht der fortgeschrittenen Zeit auf die gewohnte Dusche zu verzichten. Als er nach etwa 20 Minuten in sein Zimmer eilte, um seine Geldbör-

se vom Nachttisch und sein Handy vom Lade-
gerät zu nehmen, fiel sein Blick auf seinen Wecker. „Jetzt ist er ganz kaputt!", schimpfte er vor
sich hin, als er sah, dass die Uhr unverändert
7.15 Uhr anzeigte. Hastig eilte er die Treppe hinunter und setzte sich an den Frühstückstisch,
den Mutter wie gewohnt vorbereitet hatte. Diese
stand reglos am Herd und schaute scheinbar
gedankenverloren in die Pfanne, in der ein
Rührei vor sich hin brutzelte „Mutter", rief er
nach einer Weile ungeduldig, „geht es etwas
schneller? Ich bin spät dran. Mein Wecker ist
kaputt und ich habe verschlafen!" Von seiner
Mutter erfolgte jedoch keine Reaktion, auch
nicht als er nach kurzer Zeit seinen Wunsch etwas drastischer wiederholte. Allerdings hatte
sich ihr linker Arm in den vergangenen Minuten
leicht gehoben und in Richtung Herd bewegt. Ir-
ritiert sprang Jannik auf: „Mutter! Was ist los mit
dir? Geht es dir nicht gut?" Hastig griff er nach
ihrem Puls, konnte ihn jedoch nicht erfühlen.
Auch der Versuch an ihrer Halsschlagader
schlug fehl. Dennoch, die Mutter lebte. Sie
stand sicher auf beiden Beinen und hielt den
Pfannenwender fest in der Hand. Sie schien nur
wie erstarrt, wie eingefroren.

Jannik konnte es nicht mehr in der Küche aus-
halten. Was war nur geschehen? Jannik wohnte
mit seiner Mutter mitten in Köln, dort wo die Aa-
chener Straße auf den Ring stieß. An normalen
Tagen war die Straße schon belebt und be-

herrscht von dichtem Verkehr. Das war auch heute so, nur, der Verkehr schien zu ruhen. Die Autos, ebenso wie die Straßenbahn standen still. Die Fußgänger hielten mitten in der Bewegung inne. Der Verkehrslärm, der an anderen Tagen vorherrschte, war einem dumpfen, langsam wabernden Grollen gewichen, das sich unsanft auf Janniks Ohren legte. Jannik wurde schlecht. Keuchend lehnte er an der Hauswand und betrachtete die unwirkliche Szenerie. Er atmete immer schneller und begann zu hyperventilieren, genauso wie er es als Kind häufig getan hatte, bis er ohnmächtig wurde. Jannik wusste nicht, wie lange er bewusstlos auf dem Bürgersteig gelegen hatte, aber als er erwachte, war der Spuk Gott sei Dank vorüber. Der Verkehr lief in seinen gewohnten Bahnen. Der Lärm hatte seinen üblichen Pegel erreicht. Er aber lehnte, als wären die Rollen vertauscht worden, schweißüberströmt, vor Schreck wie erstarrt und hungrig und durstig, als hätte er tagelang nichts zu sich genommen, an der Hauswand. Jannik beschloss nach einer Weile sich zu entspannen und die Sache erst einmal auf sich beruhen zu lassen.

Wer würde ihm das, was er gerade erlebt hatte, auch nur ansatzweise glauben. Im Gegenteil, seine besten Freunde, ja sogar seine Mutter würden an seinem Verstand zweifeln. Das Ganze war einfach unerklärbar und würde es auch bleiben, es sei denn, er würde in den nächsten

Minuten erwachen und alles wäre nur ein Traum gewesen. Nichts dergleichen geschah. Möglicherweise hatte er auch schweres Fieber und halluzinierte. Nein, er fühlte sich gut, kein Hitzegefühl, keine Übelkeit! Hatte ihm etwa jemand K.-o.-Tropfen verpasst? Ha, ha, seine Mutter war die Einzige, die dafür infrage gekommen wäre. Seine Mutter und K.-o.-Tropfen, einfach lächerlich.

Am besten war es, zu schweigen und die Sache zu verdrängen. Vielleicht, ja sogar wahrscheinlich, war es ja auch nur ein einmaliges Ereignis gewesen ohne größere Folgen. „Schwing dich auf dein Rad!", befahl er sich selbst, „Fahr zur Arbeit und tu so, als sei nichts gewesen!" Letzteres sollte Jannik nicht gelingen. Obwohl die Zeit für mehr als eine Viertelstunde nahezu stillgestanden hatte, hatte er es nicht geschafft, seine Arbeitsstelle, eine große Anlage für Einlagerungen aller Art, in Köln-Poll, pünktlich zu erreichen.

Er wurde sofort in das Büro seines Chefs zitiert: „Wenn isch dir die Zick bezahle dä, die de ze spät jekumme bes, hättes de et dubbelde verdehnt!" Alle folgenden Ausführungen beleuchteten die Problematik des wiederholten Zuspätkommens von allen vorstellbaren Seiten und führten zu dem Ergebnis, dass Jannik fristlos gefeuert wurde. Scheiße!

Wie sollte er das seiner Mutter erklären. Auch wenn er nie viel zum Unterhalt beigetragen hatte, die Rente der Mutter allein war sehr knapp bemessen und Janniks Ansprüche an das Leben waren hoch, auch wenn er dafür auf ein Auto verzichtete: Hier ein Urlaub auf Teneriffa, natürlich nicht unter vier Sternen, dort mal ein Anzug von Hugo Boss, öfter mal zum Frisör, das musste schon drin sein. Wie sollte das nun weitergehen?

Jannik beschloss, seinen Frust zuerst einmal im „Früh im Veedel" in Alkohol zu ertränken.

Als er das vierte Kölsch ansetzte, geschah es wieder. Es passierte plötzlich, ganz ohne Ankündigung. Die Zeit in der Kneipe erstarrte, es sah aus, als stünde alles still. Der Schaum des frisch gezapften Bieres schien in der Luft zu schweben. Nur Jannik bewegte sich wie zuvor in normaler Geschwindigkeit. Diesmal war sein Schock nicht ganz so heftig, wie er am Morgen gewesen war. Er trank sein Bier und wartete darauf, dass alles wieder normal würde. Seine Geduld wurde auf eine harte Probe gestellt. Die Zeit, die der Schankwirt benötigte, ein frisch gezapftes Bier auf den Tresen zu stellen, kostete Jannik Stunden. Um die Wartezeit zu verkürzen, begann er schließlich einige kleine Manipulationen in der Umgebung vorzunehmen, wobei er sich das ein oder andere selbst gezapfte Kölsch genehmigte. Zuerst verstellte er die Uhr über dem Tresen um drei Stunden. Einem Gast aß er in aller Ruhe das frisch aufgetragene Hämmchen vom Teller weg. Er ließ sich sogar

dazu hinreißen, dem Dachdecker, der links neben ihm am Tresen stand, das frisch gezapfte
Kölsch vor der Nase wegzutrinken und danach
dem Köbes, der zu seiner Rechten gerade einen Kunden abkassierte, den 20 Euro-Schein
aus der Hand zu reißen. Letzteres wäre fast
schiefgegangen: Ebenso unvermittelt wie das
Ereignis eingetreten war, kehrte seine Umgebung wieder zur Realität zurück und Jannik
schaffte es, im letzten Augenblick auf seinen
Platz zu hechten und eine unbeteiligte Miene
aufzusetzen. Aus den Augenwinkeln beobachtete er mit diebischer Freude das verdutzte Gesicht des Dachdeckers. Dieser schüttelte nur
den Kopf, zahlte eilig und verließ das Lokal.
Auch der Köbes gab sich keine Blöße. Er griff in
seine Börse und gab das Wechselgeld exakt
auf 20 Euro heraus. Was hätte Jannik dafür gegeben, seine Gedanken lesen zu können.
Den Rest des Tages verbrachte Jannik damit,
über die merkwürdigen Phänomene, die er heute erlebt hatte, nachzudenken. Wie kam es zu
den Ereignissen? Was löste sie aus? Konnte
man sie steuern? Gab es noch mehr Menschen
auf der Welt, die ähnliche Erlebnisse hatten?
Zunächst fand er auf keine dieser Fragen eine
schlüssige Antwort. Wochenlang geschah gar
nichts. Janniks Auseinandersetzung mit seiner
Mutter hatte sich in Grenzen gehalten. Natürlich
hatte er ihr nicht die ganze Wahrheit erzählt.
Genau genommen stimmte an seiner Geschich-

te nur die Tatsache, dass er nicht mehr in Poll arbeitete. Seine Version kreiste um einen reichen Gönner, einen Schulfreund von damals, der ihm eine Stelle in leitender Position angeboten hatte. Mein Gott, war seine Mutter naiv. Sie fraß den Bären, den er ihr aufgebunden hatte, mit Haut und Haaren.

Es war der Zufall, der Jannik schließlich eine entscheidende Entdeckung machen ließ, die sein Leben grundlegend verändern sollte. Es geschah Ende August. Langeweile und Hitze hatten Jannik in den Volksgarten getrieben. Dort legte er sich im Schatten eines der Bäume in das kühle Gras und döste vor sich hin. Die Jacke, die er unnötigerweise bei sich trug, hatte er zu einem notdürftigen Kissen verschlungen und unter seinem Kopf platziert. Mit fast geschlossenen Augen, so dass das Bild verschwommen und undeutlich wirkte, fixierte er eine junge Frau, die, einen Kinderwagen schaukelnd, auf der Bank direkt gegenüber saß. Nach etwa einer halben Minute geschah es. Die Frau hielt urplötzlich inne, ebenso wie die Spaziergänger auf den Wegen und zwei Tauben und ein paar Spatzen, die sich noch kurz vorher heftig um einige Brotkrümel gestritten hatten, zwängten sich unendlich langsam durch die Luft, die die Konsistenz von Klebstoff zu haben schien. Wie gewöhnlich dauerte der Spuk mehrere Stunden und ließ sich auch nach mehrmaligen Versuchen nicht „wegblinzeln". Dennoch wiederholte Jannik, nur aus rein wissenschaftlichem Interesse, seinen Versuch. Und dieser Versuch gelang sofort.

Jannik lernte in der Folgezeit seine Fähigkeit weiter zu verbessern, das „Ereignis", wie er es nannte, bewusst zu beenden, gelang ihm jedoch nie. Er musste sich damit abfinden, oft Stunden auszuharren, bis sich der normale Zeitablauf wieder einstellte.

Dennoch nutzte er seine Fähigkeit fast täglich. Schon bei dem zweiten Ereignis in der Kneipe hatte er herausgefunden, dass er sich viel zu schnell bewegte, als dass die „Vereisten", so nannte er die sich unendlich langsam bewegenden Menschen um sich herum, ihn in irgendeiner Form wahrnehmen konnten.

Diesen Umstand nutzte Jannik ausgiebig: Wie einfach war es doch sich in den Tresorraum einer Bank zu blinzeln, um sich mit dem nötigen Kleingeld zu versorgen. Quasi in Nullzeit konnte er einen Ortswechsel vornehmen, um, wenn vielleicht einmal nötig war, ein hieb- und stichfestes Alibi zu haben. Wie spannend und kurzweilig war mancher Schabernack, den man mit den Vereisten treiben konnte. Es gab für Jannik keine verschlossenen Türen und daher auch keine Veranstaltung, die er nicht auch ohne Einladung besuchen konnte. Eintrittskarten, Tickets und Kleiderzwänge wurden für Jannik zum Fremdwort. Nur schade, dass niemand zuschauen konnte, wie er einen Lamborghini ohne Anstrengung zu Fuß überholte und dem Fahrer dabei sein frisch geklautes Softeis durch die offene Scheibe auf den Schoß warf.

Etwa zehn Jahre vergingen. Natürlich hatte er zusammen mit seiner Mutter die kleine 40 Quadratmeter-Wohnung gegen eine große Villa in Marienburg getauscht. Die Mutter war durch einige Bedienstete entlastet. Nach Lust und Laune gab Jannik für seine Freunde eine kleine Party. Ansonsten hatte sich an seinem Leben nur wenig geändert. Warum auch? Schließlich wollte er ja vermeiden, allzu aufdringliche Fragen nach der Herkunft seines Geldes beantworten zu müssen. Und – Frauen waren kein Problem, zumindest nicht während eines Ereignisses. Die anderen kaufte er eben mit Geld.

Eines Morgens aber betrachtete ihn seine Mutter mit sorgenvoller Miene: „Du siehst schlecht aus, Jannik! Fühlst du dich krank? Ich mache mir Sorgen! Du bist ganz blass. Ich glaube du arbeitest zu viel."

Mutter hatte recht. In den letzten Tagen und Wochen hatte er sich schwach gefühlt. Die Glieder schmerzten und jeder Schritt fiel ihm schwerer. Jannik beschloss, einen Arzt aufzusuchen.

„Alles in Ordnung, Herr Gruber. Ich kann nichts feststellen, was auf eine ernsthafte Erkrankung hindeutet", resümierte der Arzt nach einer Woche und einer Reihe von lästigen Untersuchungen. Als Jannik sich etwas beruhigter verabschieden wollte, setzte der Arzt jedoch nach: "Eines, Herr Gruber, ist jedoch merkwürdig. Sie sind jetzt 34 Jahre alt. Nach heutigen Maßstäben ein junger Mann. Alle ihre Untersuchungsergebnisse entsprechen aber denen eines Siebzigjährigen. Ich habe dafür keine Erklärung."

Nachdenklich fuhr Jannik, ganz entgegen seiner Gewohnheit, mit der Bahn nach Marienburg. Die letzten Meter bewältigte er zu Fuß, obwohl ihm jeder Schritt schwerer wurde.

Der Garderobenspiegel im Flur zeigte ihm einen Fünfunddreißigjährigen mit ergrauten Schläfen und aschgrauer Haut. Jannik hatte den Preis, den er für die letzten Jahre zu zahlen hatte, längst erkannt. „Wer schneller lebt, ist früher fertig!", schoss es ihm durch den Kopf. Die Ereignisse hatten nicht die Welt verlangsamt, sondern ihn beschleunigt. Jannik war rasend schnell gealtert.

Lebensenergie, Schnelllebigkeit, Vergänglichkeit, Flüchtigkeit, Zeit verlieren, alle diese Worte bekamen plötzlich einen klaren Sinnzusammenhang für Jannik. Er hatte schnell gelebt, wohl möglich zu schnell.

Er hatte so schnell gelebt, dass es in seinem Leben kaum etwas gab, auf das er zurückblicken konnte. Alle Energie war nutzlos vergeudet und in seinem Egoismus verbrannt. Er hatte nichts geschaffen, nichts geleistet, auf das man stolz sein konnte. Er hatte nichts verantwortet und nichts gemeistert. Das Gegenteil war der

Fall. Er hatte seine Mitmenschen, die ihm während der vielen Ereignisse hilflos ausgeliefert waren, geschädigt, sie beraubt und entehrt.

Die folgende Zeit verbrachte Jannik nachdenklich und völlig in sich gekehrt. Ohne zu blinzeln verbrachte er seine Tage in seinem Zimmer. Wochen später nutzte er erneut seine Fähigkeiten. Er blinzelte ohne Unterlass, bis zur Erschöpfung: Er steckte Obdachlosen Geldscheine zu, beschenkte alte Menschen mit Körben voller Leckereien. Zwei Kinder rettete er erfolgreich im Straßenverkehr. Es gelang ihm sogar, einen Bankräuber an seiner Tat zu hindern. All das konnte aber das Geschehene nicht ungeschehen machen.

Fortwährend peinigte ihn der für ihn so inhaltsreiche Vers von Wilhelm Busch. Mutter hatte ihn oft zitiert: „Eins, zwei, drei im Sauseschritt, läuft die Zeit, wir laufen mit."

Dies waren im Übrigen auch die letzten Worte, die er an seine Mutter richtete, als er schließlich, im Alter von vierunddreißig Jahren, in ihren Armen an Altersschwäche verstarb. Er blinzelte noch ein letztes Mal und die Zeit blieb stehen. Jannik vereiste für immer.

Baumgartner

Baumgartner lenkte seinen Porsche von der kleinen Alleenstraße durch das große eiserne Tor zu seiner Rechten. Der Kies knirschte unter den Reifen. Obwohl er sich nicht angemeldet hatte, war der Eingangsbereich des Hauses mit den großen geschwungenen Treppenaufgängen hell erleuchtet.

Baumgartner besuchte Dieter als Überraschungsgast. Seine Geschäfte hatten ihn nach Berlin geführt, wo Dieter eine liebevoll sanierte Jugendstilvilla in Grunewald bewohnte. Baumgartner und Dieter sahen sich oft monatelang nicht, obwohl sie sich geschworen hatten, in ständigem Kontakt zu bleiben.

Das Treffen verlief jedoch völlig anders, als es sich Baumgartner vorgestellt hatte. Dieter empfing ihn, an seinem Flügel sitzend, im Salon. Er war blass und wirkte übernächtigt. Viele umherstehende leere Weinflaschen deuteten auf einen erhöhten Alkoholkonsum hin. Tatsächlich schwankte er leicht, als er sich endlich erhob, um seinen Freund zu begrüßen. „Was ist los mit dir, ist etwas passiert?", erkundigte sich Baumgartner besorgt. „Ich habe auf dich gewartet. Du musst mir helfen", antwortete Dieter und goss sich mit der linken Hand sein Weinglas voll, etliches des guten Tropfens verschüttend. „Schau her und du weißt warum!" Er füllte Baumgartners Glas, diesmal jedoch mit der rechten

Hand. Die Bewegung verlief reibungslos und gezielt, Dieter schaute noch nicht einmal hin. Diesmal ging kein Tropfen daneben.

Baumgartner kannte den Grund dafür. Dieter trug eine Armprothese, die Baumgartner selbst entwickelt hatte. Sie war optisch nur bei genauer Betrachtung von der echten Hand zu unterscheiden und arbeitete perfekt, wie Baumgartner nicht ohne Stolz feststellte.

Dieter hatte seinen rechten Arm vor drei Jahren bei einem Betriebsunfall verloren. Er war damals erst sechsundzwanzig gewesen. Eine Katastrophe für jedermann, aber eine schier hoffnungslos erscheinende Situation für einen jungen Mann seines Alters. Für Dieter hatte das Leben jede Perspektive verloren: Eine Familie gründen? Eher unwahrscheinlich. Wer wollte schon einen Krüppel heiraten und mit ihm Kinder bekommen. Sogar Karin, die immer behauptet hatte, ihn doch so sehr zu lieben, hatte ihn noch vor seiner Reha verlassen. Erfolge und Weiterkommen im Beruf? Welche Firma benötigte einen einarmigen Verfahrenstechniker? Es gab doch genug Bewerber, die über alle Gliedmaßen verfügten.

Dieter war damals festen Willens dieser ihn ausweglosen Situation ein Ende zu setzen. Baumgartner hatte Dieter damals sehr geholfen, seine Depressionen in den Griff zu bekommen. Zunächst hatte er Dieter nach der Schulentlassung völlig aus den Augen verloren gehabt. Ursache dafür war, dass Baumgartner einer der wenigen Schulabgänger gewesen war, die nicht studierten, sondern direkt in einen Ausbildungsberuf gewechselt hatten. Er hatte Mechatroniker in einer Firma für Anlagenbau gelernt. Dort hatte er sich schnell spezialisiert und entscheidende funktionale Verbesserungen bei der Steuerung von Industrierobotern entwickelt. Auch ohne Studium war er dadurch schnell in das Leitungsteam der Entwicklungsabteilung seiner Firma aufgestiegen. Nachdem er einem sehr lukrativen Angebot einer amerikanischen Firma gefolgt war und Deutschland verlassen hatte, war der Kontakt zu Dieter endgültig abgebrochen.

Durch Dieters Mutter hatte er, als er nach langer Zeit erneut Kontakt aufnehmen wollte, von Dieters Unfall erfahren. Während der Rehamaßnahmen hatte er ihn schließlich besucht, in seiner Hand ein etwa schuhkartongroßes Paket.

Baumgartner erinnerte sich noch genau an das Entsetzen in Dieters Gesicht, als dieser den Deckel des Paketes lüftete: Obwohl der Inhalt für Dieter ein Wirrwarr von Leitungen, schimmernden Metallteilen und elektronischen Bauteilen darstellen musste, hatte er das, was er sah, eindeutig als elektromechanische Handprothese erkannt. Dieter schrie, er beschimpfte Baumgartner in den höchsten Tönen: Er mit einer Maschinenhand, einfach undenkbar! Entweder die eigene Hand aus Fleisch und Blut oder gar keine. Das stand fest! Er war weder Robocop noch der Terminator. Warum hatte Baumgartner ihm nicht gleich einen Haken gebracht, wie Captain Hook aus Peter Pan einen hatte. Baumgartner hatte es damals vorgezogen, zuerst einmal von der Bildfläche zu verschwinden und Ruhe einkehren zu lassen. Doch nach wenigen Tagen war er wieder erschienen, diesmal mit einem Schneidebrett mit Einfassung und Arretiermöglichkeit an den Tisch. Praktisch für das Frühstück mit einer Hand.

Wenige Tage später hatte er verschiedene rutschfeste Unterlagen Im Gepäck. Baumgartner bemühte sich stets darum, dabei nicht aufdringlich zu sein. Bald hatte er den Eindruck gewonnen, dass sich Dieter über seine Besuche und die teils unbeschwerten Gespräche über Gott und die Welt und die alten Zeiten freute. Baumgartners praktische Geschenke aus dem Sanitätshaus hatte Dieter zunächst unkommentiert entgegengenommen. Gelegentlich verwendete er sie sogar, wenn auch mit Widerwillen. Nach einigen Wochen brach es jedoch aus ihm heraus: „Sag mal, Baumgartner, was sollen diese Mitbringsel? Irgendetwas bezweckst du doch damit!" „Es ist, wie es ist!", hatte er damals geantwortet, „Da du die beste Hilfe, die ich dir geben kann, vehement ablehnst, versuche ich dir das Leben anderweitig erträglicher zu machen." „Du sprichst jetzt nicht von deiner albernen Roboterhand, oder?", hatte Dieter voller Zynismus gefragt. Baumgartner war nicht in der Lage gewesen, sofort zu antworten. Er war den Tränen nahe gewesen. „Ob du es einsiehst oder nicht", stieß er schließlich mit gepresster Stimme hervor, „diese Roboterhand, wie du sie nennst, könnte dir viel von deiner Lebensqualität zurückgeben und vielleicht noch viel mehr. Und das eine merke dir: Sie ist nicht albern! Sie ist mein Lebenswerk!"

Wenige Tage später saß Dieter in einem von Baumgartner angemieteten kleinen Labor. Sein Armstumpf steckte in einer Manschette. Zuvor hatte er kleine Nadeln, Akupunkturnadeln nicht unähnlich, an verschiedenen Stellen angebracht und Dieter erklärt, dass es sich bei der Mechanik noch um einen Prototyp handle und sie daher noch etwas klobig sei. Grundlegend seien jedoch schon alle möglichen Funktionen implementiert.

Baumgartner hatte in den vergangenen Jahren wie besessen gearbeitet. Die Anforderungen der Industrie an die Fähigkeiten von Industrierobotern stiegen ständig. Immer empfindlichere Systeme mussten immer filigranere und exaktere Aufgaben verrichten. Schon seit Langem waren Roboter in der Lage, bis in den Nanobereich hinein zuverlässiger, schneller und genauer zu arbeiten, als es menschliche Hände vermochten.

Jetzt trug Dieter das Ergebnis einer jahrelangen Entwicklungsarbeit an seinem verbliebenen

Armstumpf. Er erinnerte sich noch genau an Dieters Verblüffung, als er ihn damals gebeten hatte ein Stück Holz zu ergreifen und aufzuheben. Der Arm gehorchte zwar zögerlich seinem Willen, es gelang ihm aber nicht, die unglaubliche Kraft des mechanischen Körpergliedes zu kontrollieren: Das Scheit war völlig zersplittert.

Baumgartner hatte Dieter beschworen, den Mut nicht zu verlieren. Es sei noch einiges an Verbesserungen und Feintuning zu erledigen.

Er hatte die wesentlichen Probleme seiner Entwicklung längst erkannt. Das hohe Gewicht der Prothese, verursacht durch die mechanischen Bauteile und insbesondere durch die Akkus hatte er weitestgehend in den Griff bekommen können. In Amerika hatte er diesbezüglich mit führenden Entwicklern aus der ganzen Welt zusammengearbeitet. Das entscheidende Problem aber war die Schnittstelle zwischen dem menschlichen Gehirn, also der Entstehung einer Bewegungsidee und der mechanischen Umsetzung. Der Mechanik fehlte das Gefühl der menschlichen Nerven, der Haut und der Sinne, die die Arbeit erst ermöglichten. Die Steuerung einer Bewegung erfolgt über den Motorcortex des Gehirns. Von hier werden elektrische Impulse über das Rückenmark zum Organ geleitet. Grundsätzlich hatte Baumgartner auch dafür eine Lösung gefunden. Er hatte einen prozessorgesteuerten Interpreter für die Hirnsignale, den er, analog zu der Datenübertragungstechnik aus den Anfängen der Computerzeit „Modem" nannte, entwickelt. Das Modem nahm die Gehirnimpulse auf und entwickelte, quasi selbstständig denkend, eine der Mechanik angemessene Bewegungsidee. Baumgartners Feintuning zog sich dennoch über zermürbende Monate hin.

Dieter hatte aber seinerseits begriffen, dass sich nicht alle Probleme technisch lösen ließen, sondern dass es auch hartes Training für ihn bedeutete. Eines Tages hatte er ihn dann mit einer sensationellen Darbietung überrascht. Er hatte Baumgartner zum Abendessen zu sich gebeten und ihn mit einem exzellenten Wein empfangen. Nach dem Essen hatte er sich wie zufällig an seinen Flügel begeben. Vor seinem Unfall war Dieter ein ganz passabler Pianist gewesen. Er hatte sogar teilweise sein Studium mit seinem Spiel finanzieren können.

Mit seiner gesunden Hand begann er spielerisch über die Tasten zu gleiten.

Als er aber schließlich auch seine rechte Hand, seine Prothese, einsetzte und Mozarts „Eine kleine Nachtmusik" fehlerfrei darbrachte, glaubte selbst Baumgartner seinen Augen und Ohren nicht, obwohl er die Möglichkeiten, die in seiner Maschine steckten doch genau zu kennen glaubte.

In den folgenden Monaten hatten sich die Ereignisse überschlagen. Dieter übte wie ein Besessener und wurde schlagartig berühmt. Die Medien rissen sich um ihn. Er berichtete in Talk-shows über sein Schicksal, füllte Hörsäle mit Vorführungen der Prothese und musizierte in den größten Konzertsälen der Welt. Baumgartner hatte eine Firma für bionische Prothesen gegründet. Diese expandierte schnell und verfügte schließlich über Zweigstellen in aller Welt. Und jetzt saß Dieter, sichtlich am Ende seiner Kräfte, allein in seiner Villa.

Dieter leerte sein Weinglas in einem Zug und füllte sich gleichzeitig ein weiteres nach. „Siehst du das?", rief er voller Verzweiflung. Baumgartner wusste genau, was Dieter meinte und antwortete daher: „Ich sehe es, sie ist besser als die richtige Hand."

„Besser, sagst du?", Dieters Stimme gewann in seiner Erregung an Lautstärke. „Zwischen den Fähigkeiten meiner beiden Hände liegen Welten! Und ich, mein Freund, ich hänge dazwischen!" Baumgartner konnte nur teilweise folgen und schaute verblüfft. „Du hast keine Vorstellung davon, was da abgeht, mit mir, in mir, um mich herum! Schau mich an!" Dieter hatte seine Handprothese wie zum Gruß erhoben, „Ich bin es, die Handprothese mit dem einarmigen Klavierspieler daran! Ich kann alles und könnte noch viel mehr, wenn ich nicht an so einer menschlichen Pfeife hängen würde.

Baumgartner starrte seinen Freund fassungslos an. Dieser schrie: „Mensch kapierst du es nicht? Höre doch hin, wenn ich Klavier spiele.

Die Prothese spielt mich und meine, ach so gesunde linke Hand in den Sack. Nicht ich, sondern die Prothese ist der Krüppel solange sie an mir hängt."

Plötzlich senkte sich Dieters Stimme fast bis auf ein Flüstern. „Du musst mir helfen und du weißt genau wie!" Bei diesen Worten starrte er bedeutungsvoll auf seine linke Hand. „Nein", stammelte Baumgartner, „das mach ich nicht! Das kannst du von mir nicht verlangen!" Entsetzt sprang er auf und verabschiedete sich hastig.

Die Maschine der Air Berlin landete mit nur zehn Minuten Verspätung auf dem JFK Airport in New York. Baumgartner hatte versprochen, Dieter dort abzuholen.

Seit ihrer letzten Begegnung in Dieters Villa vor zwölf Monaten, die so unglücklich ausgegangen war, hatten sie nicht keinen Kontakt mehr gehabt. Baumgartner war daher gespannt, wie sich Dieter präsentieren würde. Im Internet hatte er gelesen, dass Dieter einige überaus erfolgreiche Konzerte gegeben hatte. Das nächste Konzert sollte in der Metropolitan stattfinden. Baumgartner schloss daraus, dass Dieter seine Krise überwunden hatte.

Tatsächlich verließ Dieter mit strahlendem Lächeln den Zollbereich und umarmte ihn herzlich. Auf dem Weg zur Bahn plauderte Dieter fröhlich und humorvoll. Mit der Rechten zog er einen mächtigen Trolley hinter sich her. Die linke Hand umklammerte dabei mit festem Griff den rechten Arm. In der Bahn beobachtete Baumgartner, dass sich Dieters Hände und Finger ohne Unterlass in diffusen Bewegungen berührten, „Däumchen drehten", sich streichelnd umschmeichelten, sich falteten und rieben und sich vor dem Bauch verschränkten, gerade so, als seien sie ineinander verliebt. Baumgartner war entsetzt: „Was hast du getan! Das ist doch nicht möglich! Wer hat die linke Hand gemacht?"

Dieter wirkte verlegen: „Eine chinesische Firma hat sie, ich denke nicht uneigennützig, nach dem Modell meiner rechten Prothese gebaut. Ein chinesischer Chirurg hat mir dann die linke Hand abgenommen. Das hat ein Vermögen gekostet! Tut mir leid, wenn dadurch einige deiner Produktionsgeheimnisse an die Chinesen gegangen sind. Aber du hast ja, wie ich hörte, die Patente fast alle freigegeben und außerdem hast du dich ja geweigert, es zu tun. Alles funktioniert einwandfrei. Manchmal ist es als seien sie ineinander verliebt, so wie sie sich berühren und streicheln. Du solltest uns jetzt spielen hören ...". Sie verbrachten den Rest der Bahnfahrt schweigend.

Die Met war völlig ausverkauft. Obwohl Baumgartner die fatale Entscheidung seines Freundes missbilligte, war er dessen Einladung zum Konzert gefolgt. Pünktlich betrat Dieter die Bühne, beide Hände vor dem Bauch verschränkt und verbeugte sich höflich in alle Richtungen.

Gemessenen Schrittes ging er zu dem glänzend polierten Bechstein Flügel und ließ sich dort, mit weiterhin verschränkten Händen nieder. Er verharrte in stiller Konzentration, bis sich seine Hände fast zögerlich voneinander lösten und ihre Grundhaltung über den Tasten einnahmen.

Es folgte ein musikalischer Hochgenuss. Dieters mechanische Finger liebkosten die Tasten, streichelten sie in gefühlvollem Piano oder schlugen in heftigem Crescendo auf sie ein. Baumgartner hatte so etwas noch niemals in seinem Leben gehört und teilte diese Meinung mit allen anderen Besuchern der Met, die Dieter nach dem Konzert in nicht enden wollendem Applaus verabschiedeten. Als eine junge Hostess auf der Bühne erschien, um einen üppigen Blumenstrauß zu überreichen, geschah es plötzlich und unerwartet: Dieter ergriff den Strauß mit einer derben Bewegung, zerriss ihn und schleuderte die Stücke ins Publikum. Daraufhin riss er der entsetzten Hostess das Oberteil ihres Kostüms von ihrem Körper. Um Hilfe rufend verließ sie rennend die Bühne. Voller Angst und Hilflosigkeit schreiend warf sich Dieter auf den Boden und versuchte seine Hände unter seinem Körper unter Kontrolle zu bringen. Ein Teil des Publikums eilte derweil voller Panik den Ausgängen entgegen, ein anderer Teil hatte sich erhoben und kommentierte die Situation mit lauten Pfiffen.

Baumgartner hatte sich die allgemeine Verwirrung zunutze gemacht und war durch den VIP-Eingang zur Bühne gelangt. Es gelang ihm wie durch ein Wunder, die Sicherheitsangestellten zu überrennen und sich auf den mit seinen Händen kämpfenden Dieter zu werfen. Mit aller Kraft zerriss er die Silikonhaut der Prothesen und löste die Kabel der Stromversorgungen von den Akkus. Augenblicklich erstarben die heftigen Bewegungen der außer Kontrolle geratenen Hände und ließen den heftig schluchzenden Dieter zurück. „Du kannst nichts dazu. Du warst es nicht! Es war ein technischer Fehler! Es waren die Hände!", versuchte Baumgartner den Freund zu beruhigen. „Ja, du hast recht!" entgegnete dieser verzweifelt, „Nicht ich habe Klavier gespielt. Es waren die Hände!"

Baumgartner konnte nach den, am Vorabend erlebten, turbulenten Ereignissen, kein Auge schließen. Darum betrat er den Frühstücksraum pünktlich um sieben Uhr morgens als Erster. Dieser Umstand bescherte ihm das Glück, eines der wenigen ausliegenden Exemplare der *New York Times* zu ergattern. Er las flüsternd die Hauptschlagzeile des Titelblattes: „Skandal in der Met: Starpianist dreht durch". Noch bevor er weiterlesen konnte, wurde er auf die Stimme des Nachrichtensprechers aufmerksam, die leise aus einem der Saallautsprecher ertönte: „...unter mysteriösen Umständen starb der Starpianist in der vergangenen Nacht im Lenox Hill Hospital. Nach einer schweren psychischen Krise bei einem Auftritt in der Metropolitan Opera war der 29-Jährige am gestrigen Abend eingeliefert worden. Die Nachtschwester fand den Patienten in seinem eigenen Blut. Seine beiden sogenannten bionischen Prothesen hatte er möglicherweise selbst mit Gewalt von seinen Armen gerissen und war anschließend verblutet. Zusätzlich wies die Leiche jedoch schwere, von kräftigen Händen verursachte Würgemale am Hals auf. Die Polizei machte dazu noch keine konkreten Angaben. Ein Verbrechen wird jedoch nicht ausgeschlossen ...

Hendrik

Hendrik wurde in einem kleinen Ort im Branden-
burgischen Havelland geboren. Das Dorf hatte
in der Geschichte noch nie eine Bedeutung gehabt und fand daher auch nie weitere Erwäh-
nung. Es wohnten nur etwa 40 Menschen dort.
Vier Bauernfamilien, ein Schmied, der nebenher
einen kleinen Ausschank betrieb, in dem sich
die Männer des Dorfes nach getaner Arbeit trafen und einige Büdner mit ihren kleinen Fami-
lien. Die Arbeit auf den Höfen war hart. Die gesamte Arbeit musste, unterstützt von lediglich
drei Ochsen und einigen betagten Kaltblütern,
allein durch Menschenhand verrichtet werden.
Maschinen, die die Arbeit erleichterten, waren
entweder noch nicht erfunden oder uner-
schwinglich und darüber hinaus, wenn überhaupt, nur dem Hörensagen nach bekannt. Von
der Außenwelt gelangten nur wenige Neuigkei-
ten hier auf das flache Land. Lediglich die Fuhr-
leute, die die Ernte in die fern gelegene Stadt
abtransportierten, sprachen, je nach Laune, hin
und wieder von der Welt außerhalb des Dorfes.

Hendrik war, so vermutete es jedenfalls die Mutter, das fünfte von elf Kindern. Die Bäuerin hatte nämlich irgendwann aufgehört die Reihenfol-
ge ihrer vielen Kinder genau nachzuhalten. Sie
war nur eine einfache Frau. Zu sehr nahm sie
die schwere Arbeit auf dem Hofe und im Haus-

halt in Anspruch. Längst hatten die älteren Kinder Aufgaben übernehmen müssen, in die auch die Erziehung der jüngeren Geschwister einbezogen war. Hendrik war ein überaus stiller, in sich gekehrter Junge. Schon als Säugling hatte er wenig geschrien, um die Mutter auf seinen Hunger aufmerksam zu machen. Auch bei Tisch meldete er sich nicht zu Wort, wenn seine Geschwister sich um einen Nachschlag zankten. Wenn er fiel und sich verletzte, fand er nur stille Tränen, um seinem Schmerz Ausdruck zu verleihen. Gelegentlich trafen sich die Hausfrauen des Dorfes, besonders im Winter, wenn auf dem Hofe weniger Arbeit anfiel, zur Handarbeit. Zumeist spielte Hendrik völlig unbeachtet in einer Ecke der großen Wohnküche mit seinen wenigen Spielzeugen. Sein Lieblingsspielzeug war ein schon reichlich beschädigtes, hölzernes Pferdegespann mit Wagen. Der Vater hatte es dereinst selbst geschnitzt und einem der älteren Brüder unter den Weihnachtsbaum gelegt. Dieser hatte den Wagen, dem Kinderspiel entwachsen, achtlos in der Scheune liegen lassen, wo Hendrik ihn gefunden und zu seinem Eigentum erklärt hatte. Eines der Pferde hatte ein Ohr verloren, das andere seinen Schweif. Die Hinterachse des Wagens war so verbogen, dass die Räder nur noch unter Mühen eine abenteuerliche Drehbewegung vollziehen konnten. Hendrik war das gleichgültig. In seinem Spiel sah er sich, hoch oben auf dem

Wagen sitzend, als stolzer Fuhrmann, zu dem jedermann aufsah und der von allen bewundert wurde. Gern lauschte er den Geschichten, die sich die Frauen an jenen Tagen erzählten. Es waren Geschichten aus fernen, fremden Welten, Märchen und Gedichte. Oft wurden alte Lieder vorgetragen. Manchmal gingen die Gespräche auch über besondere Probleme der Frauen, ungeachtet dass er, ein unbedarftes Kind, im Raume zugegen war. Sie sprachen über besondere oder auch über mangelnde Fähigkeiten ihrer Männer im Ehebett, Krankheiten des Unterleibes und jede Frau konnte Geschichten über Blut erzählen, welches jeden Monat aus ihr hervorfloss. Hendrik verstand nur wenig von diesen Dingen. Es war nur eines, was ihn berührte. Wenn die Frauen über die Mühen der Geburt sprachen, so sprach seine Mutter über jeden seiner Geschwister: die lange Geburt von Michael, der wohl falsch lag und den die Hebamme mit Mühe gedreht hatte, den Blutsturz nach der Geburt von Annemie, die eigentlich gar nicht so schwer gewesen war und wie leicht sich doch alles bei der kleinen Rita vollzogen hatte. Mutter sprach über schwere, leichte und mittelschwere Geburten, nicht aber über seine. Seine Geburt war wohl nichts von alledem gewesen. War er überhaupt geboren worden? An einem der nächsten Tage fand er seinen Platz am Tisch beim Abendbrot leer vor. Man hatte wohl vergessen, für ihn einzudecken

70

und er holte sich, ohne auf den Missstand aufmerksam zu machen, die vom Vortage noch ungespülte Schale und seinen Löffel selbst herbei. Da er sich auch nicht beschwerte, als dieses Versehen in den folgenden Wochen und Monaten häufiger vorkam, wurde es zur Regel und es ging so weit, dass er sich schließlich sogar selbst auftun musste und nicht wie alle anderen am Tisch von der Mutter bedient wurde.

Wie zu jener Zeit durchaus üblich, wurden Kleidungsstücke, sofern noch brauchbar, von den der Kleidung entwachsenen Älteren an die Jüngeren weitergegeben. Auch hier kam es immer häufiger vor, dass Hendriks jüngerer Bruder die ausgemusterte Kleidung seines älteren Bruders trug. So übergangen musste er oft lange mit seiner zu klein gewordenen und verschlissenen Kleidung vorliebnehmen. Hendrik weinte niemals, auch wenn die viel zu kleinen Schuhe noch so sehr drückten.

Wenn Hendrik im Hausflur oder im engen Durchgang zur Küche spielte, so wurde er anfangs noch mit unwirschen Rufen verjagt. Weil dies häufig vorkam, vielleicht aber auch, weil das Warten auf Hendriks Reaktion zu lange schien, wurde er später nur noch rüde fortgeschoben. Am Ende aber schlängelte sich jedermann an ihm vorbei oder überstieg ihn einfach, scheinbar ohne ihn wirklich wahrzunehmen. Hendrik wurde noch stiller und in sich gekehrter. Er war einsam und unglücklich, ohne genau zu wissen, worin die Ursache dafür zu suchen war. Er kannte es ja nicht anders. Im letzten Jahr war er der Einzige in der Familie gewesen, der kein Geschenk unter dem Weihnachtsbaum gefunden hatte. Nur der Großvater war schließlich auf den still weinenden Jungen aufmerksam geworden. Mangels eines geeigneten Geschenkes durchsuchte er seine Taschen und fand lediglich ein kleines stumpfes Taschenmesser, welches ihm gelegentlich dazu diente den Schmutz unter den Fingernägeln zu entfernen. Ohne ein Wort an den Jungen zu richten, drückte er ihm das Klappmesserchen in die Hand und wandte sich im selben Moment von ihm ab, so als wenn er ihn bereits wieder vergessen hätte. – Hendrik aber war überglücklich.

Dass niemand mit ihm sprach, war für Hendrik längst zur Normalität geworden. Als Kleinkind war er noch gelegentlich mit seinem Namen angesprochen worden. Diesen schien man aber doch im Laufe der Zeit vergessen zu haben. Wenn überhaupt von ihm gesprochen wurde, war er nur „der Junge". Im letzten Jahr hatte allerdings niemand über ihn gesprochen.

In seiner Not hatte er versucht, den Vater am Hosenbein zu ziehen, um dessen Aufmerksamkeit zu erregen. Dieser hatte aber nur seine Hand weggeschlagen, wie eine lästige Fliege. Seinem kleinen Bruder hatte er dessen Lieblingsspielzeug, ein Holzpferdchen vor dessen Augen weggenommen. Dieser schien es nicht registriert zu haben, sondern begann in jeder Ecke des Hauses danach zu suchen, ohne Hendrik wahrzunehmen. Hendrik schien für niemanden in seiner Familie, nicht einmal für die anderen Menschen im Dorf vorhanden zu sein.

Schließlich geschah es an einem wunderbar warmen Sommermorgen. Die Sonne stand schon hoch am strahlend blauen Himmel. Hendrik spielte wie so oft verloren in der Hofeinfahrt und träumte sich in die weiten Wiesen und Felder hinein. Sein Vater kam mit Pferd und Wagen vom Felde her direkt auf ihn zu, ohne seine Fahrt zu verlangsamen. Hendrik stand wie erstarrt in der Toreinfahrt und rührte sich nicht, als Pferd und Wagen, ohne ihn in irgendeiner Weise wahrzunehmen, einfach durch ihn hindurchfuhren, so als bestünde er wie ein Schemen nur aus reiner Luft.

Er spürte nichts, keinen Schmerz. Im Gegenteil, er fühlte sich leichter und leichter. Er begann aufzusteigen, zu schweben, in das funkelnde Licht der Sonne einzutauchen. Immer kleiner wurde der Hof unter ihm. Pferd und Wagen waren bald weniger groß als sein Spielzeuggespann. Hendrik fühlte sich unendlich frei, er hörte Tausende von Stimmen nach ihm rufen. Sie riefen nach ihm, riefen seinen Namen: „Hendrik, Hendrik!" Er war sich ganz sicher. Er wurde bereits erwartet. Ein leichter, warmer Windstoß trieb ihn immer weiter weg, immer tiefer hinein in das weiche, funkelnde Strahlenmeer.

Noch im selben Jahr erhielt das Dorf seltenen Besuch: Der Pfarrer aus dem Nachbardorf klopfte an die Tür von Hendriks Vater. Hendriks Heimatdorf war seiner Kirchengemeinde angeschlossen. Der Pfarrer kam nicht sehr häufig. Er musste also in einer wichtigen Sache unterwegs sein.

Nachdem er in der guten Stube, bei einigen belanglosen Worten wie etwa über das Wetter mit dem üblichen Schnaps bewirtet worden war, stellte er eine Frage, die alle Anwesenden in betretenes Schweigen verfallen ließ: „Vor vielen Jahren, so verraten es die Kirchenbücher, seid ihr mit eurem Sohn Hendrik in unserer Kirche zur Taufe erschienen. Die Zeit ist gekommen, dass er durch seine Konfirmation in unsere Gemeinde aufgenommen werden soll. Ist der Junge willens?" Es folgte weiterhin tiefes Schweigen.

„Wo ist er? Kann ich ihn sprechen?" Niemand antwortete. „Was ist geschehen? Sprecht!" „Ich kenne keinen Hendrik!", plärrte der jüngste Sohn. „Der wohnt hier nicht!", flüsterte die Mutter leise. „Da war mal was, an der Toreinfahrt, ist schon 'n paar Tage her ...", murmelte der Vater. Und Rita, die ältere Schwester rief: „Ja, da hat er zunächst gelegen. Und dann hat er sich einfach in Luft aufgelöst!"

Lass uns umkehren

Gedankenverloren lenkte Katrin ihren alten Golf am Kreuz Köln-Süd auf die Autobahn 4, Richtung Olpe. Auf dem Beifahrersitz saß, wie so häufig schweigend, ihre vierzehnjährige Tochter Martha. Katrin war diese Strecke schon unzählige Male gefahren. Fast jedes zweite Wochenende und immer zu Anfang und Ende der Schulferien hatte sie ihre kleine Martha aus dem Dietrich-Bonhoeffer-Haus in Hürth abgeholt oder zurückgebracht. Martha lebte dort und erhielt eine optimale Förderung. Sie hatte alles, was sie benötigte. So redete sich Katrin jedenfalls ein. Anfangs hatte sie noch versucht, das Kind bei sich zu behalten. Sie hatte die Situation aber nervlich nicht ertragen können, hatte zu viel getrunken, zu viele Tabletten genommen, bis zum endgültigen Zusammenbruch. Alle in ihrer Umgebung, Freunde, Ärzte, Therapeuten und ihr neuer Lebensgefährte Rolf, der von Anbeginn mit der bestehenden Situation Probleme hatte, hatten sie genötigt, den Schritt zu tun, ihr Kind in ein Heim zu geben.

Martha war ab dem Brustwirbelbereich querschnittsgelähmt. Obwohl sie die Arme und den Kopf frei bewegen konnte, versuchte sie dies jedoch sehr selten. Zumeist starrte sie apathisch vor sich hin, so, als schaue sie tief in eine völlig andere Welt hinein. Martha sprach sehr selten und dann zumeist nur einzelne Worte. Sie schien keine besonderen Bedürfnisse zu haben. Jedenfalls äußerte sie nie welche. All das war wohl die Folge des Schädel-Hirn-Traumas und der Zeit des Komas.

Katrin liebte Martha über alles. Das jedenfalls hätte sie jedem, der danach gefragt hätte, im Brustton der Überzeugung geantwortet. Tief in ihrem Inneren aber nagten gerade daran heftige Zweifel. Waren alle ihre Gefühle wirkliche Liebe oder nur die Folge ihres übermäßig schlechten Gewissens, das seit Jahren ihre Seele marterte und zuweilen unendliche Schmerzen hervorrief?

Martha war nicht immer behindert gewesen. Sie war bis zu ihrem fünften Lebensjahr ein völlig normales Kind gewesen. Sie war nie schwierig, immer lebhaft und freundlich. Ihr Lachen steckte jeden in der Umgebung an. Martha litt nie an Langeweile. Sie war an allem interessiert, malte gerne und schon früh sehr fantasievolle Bilder. Oft malte sie ihre Familie, wobei sie sich seltsamerweise stets mit langen schwarzen Locken darstellte, obwohl ihre kleine, von Sommersprossen übersäte spitze Nase von wirren, schwer zu bändigenden roten Strähnen umrahmt wurde. Sie war schon nach wenigen Wochen der besondere Liebling ihrer Großeltern geworden. Opa liebte es, mit Martha rittlings auf seinen Schultern durch den Wald zu marschieren, Oma liebte ihre Enkelin, weil diese ihre Torten liebte. Martha tobte gerne im Garten mit ihrem kleinen Hund Bollo. Diesen merkwürdigen Namen hatte sie dem Tier im zarten Alter von zwölf Monaten, bei ihrer ersten Begegnung, selbst gegeben. Das behauptete jedenfalls ihr Vater, Clemens, Katrins Ehemann. Clemens hatte Martha abgöttisch geliebt. Keine freie Minute hatte er vergehen lassen, ohne mit seiner Tochter zu singen, zu spielen, zu lachen oder zu toben.

Dann aber war das Unglück passiert. Ihr Auto war mit über hundert Stundenkilometern von der Fahrbahn abgekommen, hatte sich überschlagen und war auf dem Dach liegen geblieben, Clemens war noch am Unfallort gestorben. Martha lag nach der Reanimation stundenlang im Koma. Als sie schließlich erwachte, war schnell klar, wie es um sie bestellt war. Auch wenn die Ärzte sich große Mühe gaben ein letztes Fünkchen Hoffnung weiterglimmen zu lassen, so hatte Katrin die erschreckende Wahrheit erkannt: Ihre süße Martha würde nie wieder die Alte sein. Sie selbst war dem völlig demolierten Auto bis auf kleine Schnittwunden nahezu unverletzt entstiegen. Fassungslos hatte sie neben dem Fahrzeug gestanden und darauf gestarrt, als die Helfer ihren Mann und Martha schon ins Klinomobil gebracht hatten. Ein Arzt gab ihr eine Beruhigungsspritze, die sie sich, völlig willenlos, verabreichen ließ. Trotz einer schweren Decke hatte sie am ganzen Körper gezittert.

In der Zeit danach fand sie nicht die Kraft, das Verhältnis zu Rolf zu beenden. Rolf hatte sich von seiner Lebensgefährtin Jacqueline getrennt. Auch deswegen fühlte sich Katrin schuldig.

Auf keinen Fall wäre sie damals mit dem Unfall und der völlig neuen Situation allein klargekommen. Rolf hatte vieles in die Hand genommen, ihr manche schwere Entscheidung abgenommen und sie in jener Zeit unsagbar entlastet. Tag und Nacht war er für sie da gewesen, und sie hatte sich immer an seinen starken Schultern anlehnen können. Manchmal gewann aber das rationale Denken die Oberhand. War das alles recht? Durfte man so handeln? Clemens war doch gerade erst gestorben und schon wandte sie sich einem anderen Mann zu. Wie würde Martha reagieren, wenn auf einmal ein fremder Papa auftauchte? Konnte sie das überhaupt verstehen? Zumal Rolf der ältere Bruder von Clemens war. Schließlich hatte sie aber alle Zweifel verdrängt. Auch angesichts ihrer labilen psychischen Situation hätte sich gar kein anderer Ausweg geboten. Davon war sie jedenfalls überzeugt. Rolf trug sie auf Händen. Er tat alles für sie. Manchmal fühlte sie sich nahezu beengt von Rolfs Fürsorge, der sie kaum entfliehen konnte. Einzig Martha gegenüber war Rolf immer reserviert geblieben. Er behauptete, dass er keine kleinen Kinder möge. Katrin glaubte das nicht. Schon vor dem Unfall hatte er wenig auf seine Nichte reagiert, wenn sie sich ihm auf ihre kindlich-freundliche Art zugewandt hatte, während er mit den Zwillingen ihrer Schwester quer durch deren Wohnung toben konnte. Katrin wusste, dass Rolf schon immer in sie verliebt gewesen war und glaubte fest daran, dass in ihm der Schmerz nagte, dass Martha nicht sein Kind war, sondern das seines Bruders. Auf eine besondere Weise schien er dem Kind die Schuld für ein verpasstes Lebensziel zu geben. Schließlich war sie trotz aller Zweifel, zunächst mit Martha, ins Bergische zu Rolf gezogen. Ein Jahr später hatten sie dann geheiratet. Von diesem Tag an hatte Martha nicht mehr mit ihr gesprochen.

Es war Freitag. Dennoch war wenig Verkehr auf der A4. Katrin hatte auf dieser Strecke so etwas noch nie erlebt. Sie freute sich, dass sie heute wenigstens eine Viertelstunde eher zu Hause sein würden, als dies sonst der Fall war. Schon hatten sie die Abfahrt Bergisch Gladbach passiert und kamen nun auf eine breit ausgebaute Strecke, die einfaches, schnelles Fahren erlaubte.

Plötzlich bemerkte sie, dass Martha sich ihr zugewandt hatte und sie ansah. Ihr Blick war nicht wie üblich entrückt, sondern eher fragend, sogar fordernd. Vor Aufregung schluckte Katrin, aber ihr Mund schien wie ausgedörrt. „Was...?", war das einzige Wort, zu dem sie in dieser Situation fähig war. „Warum?", war Marthas klar formulierte Gegenfrage. Katrin zweifelte an ihrem Verstand. Das was sich hier und jetzt ereignete war unmöglich. Seit acht Jahren hatte Martha nicht mehr gesprochen, zumindest nicht mit ihr. Woher kam die Wandlung? „Warum?", kam es wieder vom Beifahrersitz. Diesmal lauter und fordernder. „Warum was?", fragte sie zurück. „Damals, Onkel Rolf!" Tränen liefen in Strömen über Marthas Wangen. Ein Schreck durchzuckte Katrin. Was hatte Martha damals mitbekommen. Konnte eine Fünfjährige diese Zusammenhänge begreifen? Sicher nicht! Oder doch? Vielleicht nur teilweise? Dennoch, sie hatte ein Recht auf die ganze Wahrheit, die ihrer aller Leben so verändert hatte. Sie sprach zu ihrer Tochter wie in Trance, ohne Betonung, ohne zu stocken. Wie ein Film liefen die letzten Minuten vor dem Unfall vor ihr ab und sie erzählte Martha die ganze Geschichte. Clemens hatte damals den Wagen gelenkt. Sie saß auf dem Beifahrersitz und Martha auf ihrem Kindersitz hinter ihr. Sie hatte es Clemens am Morgen gesagt. Sie hatte lange mit sich gerungen, sich aber dann für die Wahrheit entschieden. Sie hatte ihm ihre Affäre mit seinem Bruder Rolf gestanden. Auf Knien hatte sie geschworen das Ganze zu beenden. Niemals wollte sie Martha und ihn verlassen. All ihre tränenreichen Entschuldigungen hatte Clemens zunächst relativ gefasst aufgenommen. Sicher, auch er war merklich aufgeregt, rannte im Wohnzimmer auf und ab, klopfte mit den Fäusten verzweifelt gegen die Wand. Aber er wurde nicht laut, wurde nicht aggressiv und aufbrausend, so wie er es gelegentlich sein konnte. Er beruhigte sich sogar so weit, dass er darauf bestand, wie geplant den Nachmittag im Aqualand zu verbringen, so wie es sich Martha, die eine wahre Wasserratte war, gewünscht hatte.

Schon als sie losfuhren, bemerkte Katrin, dass etwas nicht stimmte. Clemens wirkte unkonzentriert, hektisch und sprach nicht. Katrin konnte ihn jedoch verstehen. Natürlich nagte die Situation an ihm. Er brauchte Zeit, um all das zu verdauen. Sie brauchten beide Zeit.

„Warum fährst du nicht rechts?", fragte sie Clemens an einer der entscheidenden Kreuzungen. „Baustelle...", brummte Clemens zurück. Als Clemens aber auch die nächste und übernächste Gelegenheit ihrem Ziel näher zu kommen nicht wahrnahm und sie die Richtung, die Clemens einschlug, nachvollzog, wurde ihr klar, was er vorhatte. „Clemens, das kannst du nicht tun!", bettelte sie. „Überlass das bitte mir!" „Gar nichts überlasse ich dir! Wir werden diese Sache jetzt gemeinsam beenden und ich werde meinem lieben Bruder Rolf, diesem Schwein, zeigen, was es heißt, sich an meiner Frau zu vergreifen!" „Mach doch nicht mehr kaputt, als schon zu Bruch gegangen ist. Jacqueline weiß doch auch nichts davon!" „Dann wird es höchste Zeit, dass sie es erfährt!" Clemens wurde lauter und lauter, steigerte sich bis zur Raserei und schlug voller Zorn auf das Armaturenbrett.

Martha hatte den Vater noch nie so erlebt. Warum schrie er die Mama so an, nur wegen Onkel Rolf? „Papa! Papa!", rief sie tränenüberströmt und voller Angst vom Hintersitz. „Lass uns umkehren, bitte, dreh um!", rief Katrin in höchster Not und griff nach dem Lenkrad. Dann, plötzlich, ging alles sehr schnell.

Clemens hatte sich zu Martha herumgedreht, dabei aber wohl aus den Augenwinkeln bemerkt, dass Katrin nach dem Lenkrad griff und nach ihr geschlagen. Er hatte schon viel zu lange nicht mehr auf den Verkehr und auf das Auto geachtet. Er verlor die Kontrolle und Sekundenbruchteile später lag das Auto auf dem Dach im Straßengraben.

Erst als Katrin geendet hatte, schaute sie zu ihrer Tochter, die still weinend zuhörte. „Wohin, Mama?", schluchzte sie. „Wir fahren nach Hause, mein Kind", entgegnete Katrin. „Ja!", entgegnete Martha. „Nach Hause, Mama! Nicht zu Onkel Rolf. Lass uns umkehren, bitte, dreh um!" Mit aller Macht warf sich Martha auf Katrin und griff mit beiden Händen ins Lenkrad. Katrin verlor die Kontrolle über das Fahrzeug. Der Golf prallte zunächst gegen die Leitplanke, kam ins Schleudern, überschlug sich danach mehrmals und blieb auf dem Dach liegen. Für Katrin und Martha kam jede Hilfe zu spät.

Scarlet Climber

Natürlich können Sie meine Schreie nicht hören! Auch die tausendfachen Schmerzen in meinen vielen zerstörten, gepeinigten Gliedern können Sie nicht nachvollziehen. Sie sind ja nur ein Mensch! Sie glauben, die Herren dieser Erde zu sein, ohne zu wissen, dass Ihre Existenz das kleinste aller Rädchen im großen Getriebe des Seins ist. Natürlich würden Sie mir, gesetzt den Fall Sie könnten mich hören, all das niemals glauben. Sie würden weiterhin, ohne jemals einen Gedanken an meine Worte zu verschwenden, alles um sich herum niedermähen, beschneiden, absägen, niederwalzen und was ihnen sonst noch so einfällt. Und anschließend würden Sie das Ganze in Ihrer selbstgefälligen Art als Ernte bezeichnen. Ein Wort, das Ihnen seit Jahrtausenden die Legitimation gibt, Lebewesen zu morden, deren Art und deren Natur Sie nicht einmal ansatzweise verstehen. – Ich merke, dass ich Sie langweile. – Es ist, wie gesagt, völlig müßig, dieses Thema mit einem Menschen zu erörtern. Deshalb lasse ich es lieber und versuche, meinen Schmerz zu ertragen, so lange bis die Trockenheit in meinen Wurzeln meinem Leben ein Ende setzt. Ich werde verrotten, gleich hier auf dem großen Friedhof für Äste und Zweige, den die Bäuerin im hintersten Winkel des Gartens für uns Todgeweihte angelegt hat. Ich werde zu Staub zerfallen und dem großen Ganzen der Natur in neuer Form dienen. Sie wollen wissen, wer ich bin? Ja natürlich, Sie haben recht. In meinem jetzigen Zustand, bar jeder Äste, Blätter, Dornen und Blüten, bin ich für einen menschlichen Laien nur schwer zu erkennen. Ich bin eine Rose, vielmehr der Wurzelstock einer Rose.

Gestern noch hätten Sie mich sehen sollen! Über drei Meter hoch, wenigstens fünf Meter Fläche bedeckend! Unmöglich jedes Blatt persönlich zu kennen. Es waren in den letzten Jahren unüberschaubar viele geworden. Gerade in diesem Jahr, ein Jahr, auf das ich schon so lange gewartet habe, ja auf das ich geradezu hingearbeitet habe, war ich übersät von kräftig roten Blüten. Gerade in diesem Jahr wollte ich besonders prächtig daherkommen. Ich hatte doch mein Ziel endlich erreicht! Ja, trotz meiner Dornen, die auch Sie das Fürchten hätten lehren können, liege ich nun hier, besiegt und entehrt.

Sie wollen wirklich wissen, wie so etwas geschehen konnte? Ich muss gestehen, trotz meines großen Leides ehrt mich dieses Anliegen, sofern es ehrlich gemeint ist. Nun gut, ich habe Vertrauen in Ihre Redlichkeit. Sie sollen erfahren, welches Unrecht an mir verübt wurde. Nehmen Sie ruhig Platz! Die Bank ist alt und ihr einstmals stolzes Grün verblasst und abgeblättert. Dennoch, sie wird Sie treu und ohne Murren tragen.

Es war vor etwa sechs Jahren. Es war ein Tag

im Herbst. Es war noch nicht zu kalt. Die Sonne hatte ihre Kraft bereits verloren, strahlte aber immer noch freundlich über einen weiten blauen Himmel. Genau an diesem Tage hatte sie plötzlich vor mir gestanden und mich angelächelt. Sanft berührten ihre Hände die einzige kleine Knospe, die ich unter Aufbringung aller meiner Kräfte an meinem einzigen dünnen Stiel hervorgebracht hatte. Sie hatte mich gefunden. – Wir hatten uns gefunden! Ich stand direkt rechts von der Eingangstür des Raiffeisenmarktes, der hierzulande immer noch von jedermann „Die Bäuerliche" genannt wurde. Ja, die Bäuerliche. Der Name war berechtigt. Der Bauer kaufte nicht in einem der vielen Baumärkte. Sein Großvater hatte schon ausschließlich in der Bäuerlichen gekauft. Es gab keinen Grund dies zu ändern.

Sie rief nach ihrer Mutter: „Mama, Mama, schau nur! Diese hat sogar noch eine Knospe! Wie schön sie ist!" Vor meinen Augen (natürlich habe ich keine Augen, ich sehe mit ..., nein, das zu erklären würde zu weit führen) erschienen zwei nicht mehr ganz neue Gummistiefel. Eine leicht rissige Hand, der man die Arbeit ansehen konnte, hob mich einschließlich des schwarzen Plastiktopfes, in den man mich gezwängt hatte, aus der Reihe meiner äußerst schweigsamen Leidensgenossen. Eine freundliche Frau mittleren Alters studierte das Preisetikett, das man, eine Erniedrigung ohnegleichen, an eines meiner drei verbliebenen Blätter geklebt hatte. „Na ja", bemerkte sie, sich zu ihrer etwa vierzehn-jährigen Tochter wendend, „ganz schön teuer! Mal sehen, welche Sorte das ist."

„Welche Sorte!", mein Schrei ließ alle Pflanzen im Baumarkt erzittern. Sie hatte Sorte gesagt! Sorte! So, als sei ich eine Rose wie jede ande-re! Ich bin eine echte Kletterrose: Paul's Scarlet Climber! Ich habe Tradition! Ich zähle seit dem Jahr 1915 zu den edelsten meiner Art! Meine Mutter, eine Paul's Carmine Pillar von 1896. Sie war es, die meinen Blüten ihre blutrote Farbe und mir ihre dicken, runden Knospen schenkte. Mein Vater, die aus Frankreich stammende Noi-setterose Rêve d'Or von 1869, vererbte mir meine Blütenform und eine Blütengröße von bis zu 10 Zentimetern!

Wusste diese ungebildete Landfrau nicht, dass ich ein Ableger der Edelrose bin, die schon 1915 bei dem Wettbewerb der Royal National Rose Society mit einer Goldmedaille bedacht worden war und 1918 bei den Bagatelle Rose Trials mit einer weiteren? Sicherlich existieren edlere Exemplare meines Geschlechtes auf die-sem Planeten. Aber nennen Sie mir doch eine robustere, blütenreichere und traditionsreichere Art! Trotz meiner Verärgerung war ich über-glücklich, mich nach einem Schulterzucken in einem Drahtwagen wiederzufinden, der mich aus dem stickigen Gefängnis der Bäuerlichen befreite. Nach einer etwas unkomfortablen

Fahrt in einem weiteren Fahrzeug entführte man mich hierher, an diesen Ort des Schicksals. Ja, Sie hören recht! Ich war sehr glücklich. Nicht alle Vertreter Ihrer Spezies sind gefühllose Klötze!

Das Mädchen, das mich gefunden hatte, Julia, die einzige und von allen geliebte Tochter des Hofes, strahlte eine unsichtbare Herzenswärme aus, die mich sofort bis in die Spitzen meiner noch spärlichen Wurzeln berührt hatte. Als Mensch hätte ich dem Kind zu Füßen gelegen, als Rose versprach ich, nur für sie zu wachsen und zu blühen. Ich liebte Julia, als sie mich zu der Hauswand trug, vor der sie mit fleißigen Händen ein sanftes Bett für meine Wurzeln gegraben hatte. Der Ort war ideal! Sonnig, aber nicht zu direkt der Sommerglut ausgeliefert. Die Erde war frisch, humos und locker-tiefgründig. Wonnig aalte ich mich in dem Humus, den sie zusätzlich auftrug und genoss gierig das sanfte Wasser, das sie aus der Regentonne herbeischaffte. Ich vergötterte meine Herrin, die mich am Ende ihrer Arbeit liebevoll lächelnd betrachtete und meinen zerbrechlichen Körper zum Abschied zärtlich berührte. Bis zum Einbruch des ersten Winters, vor dem sie mich fürsorglich mit Laub bedeckt hatte, besuchte sie mich fast täglich. Ich war noch schwach, musste mich noch eingewöhnen. Ich gab mir aber größte Mühe, zur Freude meiner Herrin anzuwachsen. Voller Spannung erwartete ich das nächste Frühjahr.

Die Wärme der Sonne beflügelte meine Glieder und ich umrankte dankbar das Spaliergitter an der Hauswand. Ich wartete lange und sehnsüchtig auf Julia. Schließlich erschien sie mit ihrer Mutter und half ihr alle meine abstehenden Triebe am Spalier zu befestigen. Ich war schon fast mannshoch und bedeckte eine ansehnliche Fläche. Anschließend brachte sie Wasser und verließ mich nicht, ohne mich mit ihrer zärtlichen Berührung zu verwöhnen.

In der Folge aber musste ich mich noch mehr gedulden. Meine Herrin blieb fern und ich beschloss sie schließlich zu locken. Ich sammelte alle Kräfte und ließ unzählige Knospen sprießen, die sich zu herrlichen roten Rosen entwickelten. Das Wunder geschah: Julia besuchte mich endlich an einem leicht regnerischen Morgen. Sie war blass, hatte rote Augen, wie vom Weinen. Hatte sie Kummer oder war sie etwa krank? Sie seufzte nur, schenkte mir die Kraft ihrer Hände und verließ mich, ohne sich umzuschauen. Es war das letzte Mal, dass ich sie in diesem Sommer sah. Im nächsten Sommer wartete ich völlig vergebens auf meine Herrin, ebenso im darauffolgenden. Nur die alte Bäuerin kam gelegentlich vorbei, um welke Blüten zu entfernen oder mich zu tränken.

Voller Enttäuschung und Verzweiflung fasste ich schließlich einen kühnen Plan: Wenn Julia mich verlassen hatte, so wollte ich alles daransetzen, sie zurückzugewinnen.

Das Zimmer, welches Julia im Bauernhaus bewohnte, lag in schwindelerregender Höhe, direkt über mir. Dorthin wollte ich gelangen! Näher konnte ich meiner Liebe nicht kommen. Sie musste mich sehen, sich erinnern und mich wieder lieben, wenn meine Zweige im Wind zärtlich an ihrem Fenster vorbeistrichen.

Schon im folgenden Jahr wollte ich mein Ziel erreichen. Ich mobilisierte alle meine Kräfte. Ich sog die letzten Reserven, die ich für schlechtere Tage im Boden bevorratet gelassen hatte ein und wuchs. Nein, ich wucherte! Kraftvolle Ranken zwängten sich durch die leicht morschen Spalierhölzer und machten weder vor den Schlagläden noch vor den Regenrinnen, Fallrohren und Traufen Halt, um sich festzuklammern und das Fenster zu Julias Zimmer zu umschließen. Im Juni, einem der schönsten in den letzten Jahren, vollendete ich mein Werk. Ich trieb unzählige Blüten aus, um Julias Fenster zu umkränzen. Alle meine Blüten wollte ich ihr zu Füßen legen, um Julia für mich zurückzugewinnen.

Endlich öffnete sie ihr Fenster. Voll fiebriger Erwartung ersehnte ich ihre Freude, ihre Berührung. Doch nichts von alledem geschah. Julia weinte, begann zu husten. Mit Schrecken sah ich einen winzigen Blutstropfen in ihrem Mundwinkel, so rot wie meine dunkelste Blüte. Ich sah, wie sie von ihrer Mutter vom Fenster weggerissen wurde. Minuten später verließen beide das Haus, Julia heftig hustend, die Mutter aufgeregt gestikulierend und auf den Vater einredend. Ich hörte nur einige Wortfetzen, die der leichte Sommerwind zu mir herübertrug: „Asthmaanfall ... Krankenhaus ... Kletterrose."

Es fiel mir wie Schuppen von den Augen: Julia hatte Asthma. Sie war Allergikerin. Sie war gegen Pollen allergisch, gegen Blumen, gegen mich!

Ich war wie betäubt. Ich spürte den Schmerz nicht, als der Bauer meinen inzwischen mächtigen Wurzelstock einfach absägte. Ich hörte nicht die Angstschreie meiner vielen prächtigen Blüten und Knospen, als sie rüde von der Wand gerissen wurden. Auch das Seil, das an meinen Wurzelstock gebunden wurde und tief einschnitt, als der angehängte Traktor daran zog und fast alle meiner Wurzeln brutal aus dem Boden riss, befreite mich nicht von dem Schock, der jede meiner Zellen bis tief ins Kambium hatte erstarren lassen.

Ich war dem Tod geweiht, aber selbst diese Erkenntnis wog weniger schwer als das Wissen, Julia nie wieder zu begegnen.

Ich erhob mich von der alten Bank. Ich hatte lange dort gesessen und wie so oft, wenn ich auf dem Hofe meines Onkels zu Gast war, gedankenverloren vor mich hin gestarrt. Heute war große Aufregung gewesen. Julia, meine siebzehnjährige Cousine hatte nach langer Zeit wieder einen Asthmaanfall gehabt. Diesmal war sogar etwas Blut im Speichel gewesen und Tante Martha hatte sie sofort ins Krankenhaus geschleppt. Dort hatte man ihr etwas Kortison und anschließend sofort Entwarnung gegeben. Nur ein winziges Äderchen war beim Husten geplatzt, nicht weiter bedrohlich, und Julia konnte sofort wieder mit nach Hause fahren.

Für die schöne Kletterrose hatte es keine Rettung gegeben. Ich hatte das prächtige Gewächs schon so oft bewundert, wenn es in voller Blüte gestanden hatte.

Julia hatte sie selbst gepflanzt und war mächtig stolz darauf gewesen. Ob sie wirklich gegen Rosen allergisch war, hat nie jemand herausgefunden. Für meinen Onkel genügte aber der Verdacht, um das Riesengewächs zu entfernen. Jetzt lagen die traurigen Überreste auf Tante Marthas Kompost und schienen mich anzustarren. Was würde der alte Wurzelstock wohl erzählen, wenn er sprechen könnte?

Jahre später war ich nach langer Zeit wieder einmal zu Gast auf dem idyllischen Hof. Es hatte sich einiges verändert. Mein Onkel war gestorben und meine Tante half auf dem Hof, so gut sie konnte. Julia und ihr Mann hatten den Hof übernommen und ihre reizenden beiden kleinen Kinder hielten alle auf Trab. Wie früher spazierte ich im Garten zu meiner Lieblingsstelle. Ich musste überrascht feststellen, dass meine Sitzbank inzwischen erneuert worden war. Tante Marthas Kompost war nahezu verschwunden. Stattdessen hatten sich einige Büsche und Sträucher darauf etabliert. Sie waren durchzogen von den Ranken einer prächtigen Kletterrose, eben von der Art, wie sie einst am Haus gestanden hatte. Ihren Ursprung hatten die Ranken in einem alten Wurzelstock, der säuberlich gepflanzt aus dem alten Komposthügel hervorragte. Davor lag ein Herz aus einer alten Schieferplatte. Mit einem Augenzwinkern gestand mir Julia später, dass sie sich an dieser Stelle früher heimlich mit ihrem jetzigen Mann getroffen hatte. Ebenso hatte derselbe dort ihr Herz ganz altmodisch mit einem Heiratsantrag und einem Arm voller Rosen erweicht. Heftig niesend und hustend hatte Julia den Strauß und den Antrag angenommen.

Für meine Kinder

„Hier bist du aufgewachsen? Kein Wunder, dass aus dir so ein Versager geworden ist!“, schimpfte der Fahrer des neuwagenglänzenden Chevrolet Corvette Stingray, als dieser immer wieder auf der buckligen Piste, die zum Gutshof führte auflag. Mattis schwieg. Er hatte die ganze Fahrt über geschwiegen. Was gab es schon zu plaudern mit einem Menschen, dem man fünfundzwanzigtausend Mark schuldete und der unter Drohungen auf Rückzahlung bestand. Mattis hatte diesen Umstand selbst verschuldet. Er hatte zu sehr auf sein Glück vertraut, im wahrsten Sinne alles auf eine Karte gesetzt und verloren. Er war sich so sicher gewesen, dass sein Gegenüber bluffte und er hatte drei Asse. Jetzt jedoch war alles Hadern zwecklos und diverse blaue Flecken und eine angeknackste Rippe erinnerten ihn daran, dass er alles daransetzen musste, das Geld zu besorgen. Der Wagen hielt an der Toreinfahrt, die direkt zu dem Haupthaus des Hofes führte. „Du hast eine Woche Zeit! Du weißt was passiert, wenn du dann nicht zahlst!“, bellte der Fahrer. Grußlos verließ Mattis den Wagen, der sich im Schritttempo auf den Rückweg begab.

Einen Moment lang verharrte Mattis in der Einfahrt. Schon seit drei Jahren war er nicht mehr hier gewesen. Ohne Abschied, wie ein Dieb in der Nacht, hatte er damals sein Elternhaus verlassen. Er war der schweren Arbeit auf dem Hof überdrüssig geworden. Ihn ekelte der Gestank des Viehs, der sich in der ganzen Kleidung und in jeder Pore seiner Haut festgesetzt hatte, an. Er hasste die schwarzen Fingernägel, die sich über Tage hielten, wenn er wieder einmal ergebnislos an dem altersschwachen, für den Hof viel zu klein dimensionierten Traktor geschraubt hatte. Ihn widerte der Schweißgestank der Menschen an, die auf dem Hof bis zum Umfallen arbeiteten. Und für was das alles? Für ein paar lumpige Mark, die ohnehin zum größten Teil in den Betrieb investiert werden mussten.

Nein, er war für ein besseres Leben geschaffen. Er hatte einfach etwas Pech gehabt. Er musste lediglich auf seine Glückssträhne warten, die, das wusste er sehr genau, kurz bevorstand. Er musste nur sein Erbteil verlangen und dann voll durchstarten.

Der Hof wirkte aufgeräumt. Dennoch zeigte sich überall ein beginnender Verfall. Rost und der Zahn der Zeit, der die einst frischen Farben hatte grau und rissig werden lassen, mahnte zu entschlossenem Handeln.

Die Haustür wurde auf sein Klopfen hin von seiner Schwester Anna geöffnet. Sie war nur drei Jahre älter als er selbst, nicht einmal Mitte dreißig. Die schwere Arbeit auf dem Hof und das einfache Leben hatten sie jedoch sehr viel schneller altern lassen. Ihre Hände waren rissig und ihr Gesicht zeigte schon jetzt einige tiefe

Falten. Dabei war sie mit achtzehn eine wahre Schönheit gewesen, die allen Jungen in der Nachbarschaft den Kopf verdreht hatte. Was für eine Schande! Sie hatte nie geheiratet und war auf dem Hof geblieben.

Statt ihn nach seiner langen Abwesenheit freudig zu umarmen und zu herzen, begrüßte sie ihn mit einem barschen „Was willst du hier?!" „Das erzähle ich dir, wenn du mich hereingelassen hast. Was ist das denn für eine Begrüßung?", entgegnete Mattis nicht ohne Überraschung.

„Dafür dass du damals bei Nacht und Nebel einfach verschwunden bist und uns und den Hof einfach im Stich gelassen hast, erwartest du wohl noch eine Belobigung", höhnte Anna verärgert. „Du hast Vater das Herz gebrochen und mir auch!" „Ihr hättet ja auf meinen Rat hören und alles verkaufen können. Ihr könntet von dem Geld in einer schnuckeligen kleinen Wohnung leben und es euch gut gehen lassen, ganz ohne diese Schinderei", verteidigte sich Mattis. „Die Schinderei, wie du es nennst, hat unsere Familie jahrelang gut ernährt und es ist mit den Jahren sogar noch etwas übrig geblieben. Als du uns im Stich gelassen hast, hat sich das Blatt freilich gedreht. Papa ist alt und ich schaffe es nicht allein, auch wenn Paul so oft hilft, wie er kann", Annas Augen blitzten vor Zorn. „Ach, der gute Paul," spottete Mattis „ein wahrer Ritter! So viele Jahre nicht erhört von seiner Königin und dennoch treu bis in den Tod. Du hättest ihn heiraten sollen. Ihr hättet jetzt zwei Höfe!" „Paul ist ein toller Mensch, tausendmal mehr wert als du. Du weißt genau was mit ihm ist!" Natürlich wusste Mattis, dass Paul homosexuell war, obwohl er versuchte, es so gut wie möglich geheim zu halten. „Was willst du?", beendete Anna das Thema. Mattis antwortete mit einer Gegenfrage: „Wo ist Vater?" „Papa ist krank", lautete Annas knappe Antwort. Mattis wurde ungeduldig: „Komm schon, ich kenne Vaters Krankheit seit Jahren. Wo ist er?" „Oben in seinem Bett! Es geht ihm schlecht. Er hat Leberkrebs und hat nicht mehr viel Zeit. Er ist wahrscheinlich der Einzige, der sich freut dich zu sehen", giftete Anna.

Natürlich war Mattis mit den Umständen der Krankheit vertraut, die seinen Vater seit Jahren quälte. Er hatte im Krieg seinen linken Fuß verloren. Der Vater hatte die Geschichte einige Male erzählt. Die deutsche Wehrmacht hatte es auch, als der Druck der Alliierten sie zum immer schnelleren Rückzug zwang, nicht unterlassen, die noch verbliebenen, kriegsmüden und geschwächten Soldaten in immer sinnlosere Kampfhandlungen zu schicken. Mattis Vater hatte, wie viele andere, diese Sinnlosigkeit schon lange erkannt. Er wollte nur noch heim zu seiner Frau und zu seinen kleinen Kindern. Mattis Mutter hatte ein Taschentuch für ihn bestickt. In feinen Stichen war darauf zu lesen:

„Komm heim. Tu es für mich und deine Kinder!"
Dieses Tuch hatte der Vater ständig bei sich
und immer wieder gelesen. Sein Heimweh war
übermächtig gewesen. Eines Abends hatte er
dann im Unterstand einen folgenschweren Ent-
schluss gefasst. Die einzige Möglichkeit den
Kriegsschauplatz zu verlassen, war eine Ver-
wundung. Er entsicherte seine Pistole, biss die
Zähne aufeinander und schoss in seinen eigenen Fuß. Der Schmerz war fürchterlich. Das
Letzte, was er sah, bevor er ohnmächtig wurde,
war ein SS-Offizier der den Unterstand betrat.
Wegen versuchter Fahnenflucht und Selbstver-
stümmelung wurde er zum Tode verurteilt. Die
Schusswunde wurde daher nicht behandelt.
Man wollte nicht die knappen Medikamente an
einen Delinquenten vergeuden. Als amerikani-
sche Soldaten das Lager überrollten, entging
Mattis Vater mit knapper Not der Erschießung.
Für seinen Fuß aber war es zu spät. Ein ameri-
kanischer Feldarzt trennte ihn kurz unter dem
Knie ab, um die weitere Ausbreitung des Wund-
brandes zu verhindern.

Mattis Vater war ein zäher starker Mann. Sein
Überlebenswille siegte. Trotz seines Handicaps
gelang es ihm nach dem Krieg, mit eisernem
Willen den verwahrlosten und von Freund und
Feind geplünderten Hof wieder in Betrieb zu
nehmen, auch wenn dieser nie wieder den
Wohlstand erreichte, den er vor dem Krieg ge-
habt hatte.

Seit seiner Heimkehr aus dem Krieg litt er jedoch neben seiner körperlichen Behinderung in unregelmäßigen Abständen und mit unterschiedlicher Heftigkeit an anderen, nicht erklärbaren Symptomen.

Mattis hatte oft gesehen, wie der Vater sich während der Arbeit übergeben musste. Ihm war oft schwindelig, er schwitzte und zitterte dann am ganzen Körper. Vater verschwand dann immer im Schlafzimmer, um einige Stunden später wie ausgewechselt zurückzukommen. Schlimm waren außerdem Mattis Erinnerungen an Vaters Gereiztheit, die sich in Jähzorn verwandeln konnte.

Manchmal war er sehr ungerecht zu den Kindern und auch zu Mutter. Er war aber nicht immer so. Er war nie übermäßig streng mit den Kindern gewesen und konnte sehr liebevoll sein. Unzählige Male hatte er sein Verhalten bitter bereut und unter Tränen um Vergebung gebeten. Doch der Krug geht so lange zum Brunnen, bis er bricht. Irgendwann hatte Mattis ihm nicht mehr verzeihen können und begonnen, ihn für sein unberechenbares Verhalten zu hassen.

Mattis erschrak, als er das Schlafzimmer betrat. Der Vater lag ausgestreckt auf seinem Bett. Er war völlig ausgezehrt, seine Augen waren gelb, seine Haut wirkte wie aus Pergament, er zitterte am ganzen Körper. Dennoch lächelte er, als er Mattis sah. „Mein Junge!", flüsterte er voller Anstrengung. Mattis ging nicht darauf ein: „Vater ich muss mit dir reden!" Der Vater nickte. Mattis ließ sich auf der Bettkante nieder. Sein Blick fiel auf die Eichentür am Ende des Raumes. Mattis wusste, dass sie immer fest verschlossen war, zumal sie zusätzlich mit zwei schweren Eisenriegeln gesichert war. Als Kinder hatten er und seine Schwester immer gerätselt, was wohl dahinter verborgen sei. Was in aller Welt war es wert so stark gesichert zu sein? Es musste sich, so vermuteten die Kinder, um einen Schatz handeln. Dieses Gefühl hatte sich all die Jahre gehalten, bis heute! Es musste etwas Wertvolles hinter der Türe zu finden sein. Hatte der Vater im Krieg eine wertvolle Beute machen können, einen Goldschatz? Der Verdacht lag nahe. Wie sonst hätte er, einbeinig wie er war, den Hof so lange halten können? Schon oft hatte Mattis in der Vergangenheit, wenn die Eltern nicht im Hause waren, alles auf den Kopf gestellt, um den Schlüssel zu dem verschlossenen Raum zu finden. Sogar nachts hatte er sich ins elterliche Schlafzimmer geschlichen, um in Vaters Kleidung danach zu suchen. Alle Suche war vergebens gewesen. Was hätte er dafür gegeben, nur einmal hineinschauen zu dürfen, aber Vater war eisern geblieben und hatte nicht einmal andeutungsweise über das gesprochen, was sich hinter der Türe verbarg.

Mattis beugte sich zu seinem Vater, vermied es jedoch in dessen Augen zu schauen. „Ich habe die Möglichkeit in der Stadt ein sehr lukratives Geschäft abzuschließen", log er mit aller Entschlossenheit, die er aufbringen konnte. „Leider fehlt mir die nötige finanzielle Basis. Ich möchte dich daher bitten, mir mein Erbteil auszuhändigen. So wie ich alles einschätze, ist das Gut wenigstens vierhunderttausend Mark wert, die Waldgrundstücke lasse ich außen vor. Ich würde mich mit einhundertfünfzigtausend Mark zufriedengeben." Trotz seines bedenklichen Zustandes wirkte der Vater über alle Maßen erstaunt. „Das kann ich nicht. Muss dann alles verkaufen", flüsterte er. „Und Anna?" „Anna muss sehen, wo sie bleibt!", gab Mattis voller Ungeduld zurück. Mit aller Kraft, die er in seinem Zustand aufbringen konnte, erwiderte der Vater: „Nein, mein Junge, nein!"

Mattis Groll wuchs. Was bildete sich dieser alte Sack nur ein? Das Erbteil stand ihm zu! Wie sollte er seine Schulden bezahlen? Ohne Geld war er ein toter Mann!

Es geschah wie von selbst. Plötzlich war das Kissen in seiner Hand. Wie von selbst bedeckte es den Kopf des Vaters. Mit aller Macht drückte Mattis zu. Der Vater rührte sich nicht und starb ohne Gegenwehr.

Das Blut pulsierte in Mattis Kopf. Was hatte er getan? Es war doch nicht so tragisch, oder? Der Vater wäre ohnehin in den nächsten Tagen gestorben. Letzthin hatte er ihm nur bei seinem letzten Schritt geholfen, ihn von seinem Leiden erlöst. Aber: Was würde Anna sagen? Ja, das war die Idee! Er würde ihr tränenüberströmt berichten, wie der liebe Vater in seinen Armen gestorben war, mit letztem Grußwort an seine geliebten Kinder. Nein, Anna hielt nicht viel von ihrem Bruder, aber einen Mord am eigenen Vater? Das würde sie ihm nicht im leisesten Verdacht zutrauen.

Als Mattis den Vater auf sein Kissen bettete, gewahrte er an dessen Hals eine Lederschnur. Er glaubte seinen Augen nicht. Er hatte ihn gefunden! Er hielt den Schlüssel zu dem geheimen Zimmer in seiner Hand. Der Alte hatte die Schlüssel sein ganzes Leben lang um den Hals getragen.

Mattis sprang auf und schaute durch das Fenster zum Hof. Von seiner Schwester war nichts zu sehen. Sie war wahrscheinlich noch lange Zeit im Stall beschäftigt. In fieberhafter Eile öffnete er die schweren Vorhängeschlösser, danach das Türschloss. Hastig drückte er die Klinke hinunter und riss die Tür auf.

Das Bild, das sich ihm bot, war ernüchternd. Der Raum war wohl dereinst ein Ankleidezimmer für die Dame des Hauses gewesen, fensterlos und nur wenige Quadratmeter groß. Er enthielt nichts als ein Feldbett, neben dem ein kleiner Tisch und ein Papierkorb stand, der bis obenan gefüllt mit Einwegspritzen war.

An der Wand ihm gegenüber befand sich ein kleines Regal, angefüllt mit kleinen Fläschchen und Ampullen. Darunter an der Wand waren Schwarzweißfotos mit Stecknadeln befestigt. Sie zeigten den Vater als jungen Soldaten, strahlend, in schmucker Uniform.

Auf dem Tisch lag eine schwarze Ledermappe, daneben eine alte Militär-Pistole. Fieberhaft öffnete Mattis die Ledermappe. Zu seiner Enttäuschung, aber auch zu seiner Überraschung enthielt sie nicht das erhoffte Geldbündel, sondern nur eine altmodische Spritze nebst eines Gummischlauches zum Abbinden des Armes. Mattis fühlte sich wie vom Blitz getroffen. Hinter der Tür war über all die Jahre kein Schatz, sondern ein völlig anderes Geheimnis verborgen gewesen.

Wie Schuppen fiel ihm alles von den Augen: sein Vater war morphiumsüchtig gewesen. Seit seiner Verletzung war er sein ganzes Leben abhängig von der Droge gewesen und es war ihm gelungen, es all die Jahre vor seiner ganzen Familie zu verbergen. Nein, nicht vor der ganzen Familie. Mattis erinnerte sich an die vielen Situationen, wenn er und seine Schwester die Mutter nach dem Verbleib und nach der Krankheit des Vaters gefragt hatten. Sie hatte nie darauf geantwortet. Sie hatte sich nur stets verstohlen ein paar Tränen abgewischt. Wie ein elektrischer Schlag traf Mattis die Erkenntnis, wie sehr sein Vater sich über dreißig Jahre gequält hatte. Er hatte gearbeitet wie ein Pferd und dabei gleichzeitig den ständigen, heftigen

Entzug von der Droge erlitten, einerseits wohl aus Mangel an Bezugsquellen, andererseits um die Droge und seine Sucht in Schach zu halten. Warum nur hatte er sich diese Qualen angetan. Die Antwort erhielt Mattis von einem vergilbten Fetzen Stoff, den er erst jetzt an der Wand vor sich wahrnahm. In zierlichen Stichen war darauf der Spruch „Komm heim. Tu es für mich und deine Kinder!" gestickt. In seiner Vorstellung malte sich Mattis aus, wie oft der Vater in diesem fensterlosen, dunklen Raum gesessen hatte, in einer Hand die Spritze, in der anderen die Pistole, um seiner Qual ein Ende zu setzen. Aber er hatte durchgehalten, viele, viele Jahre, für seine Familie und nach dem Tod seiner geliebten Frau für seine Kinder, für ihn und seine Schwester.

Zum ersten Mal in seinem Leben fühlte sich Mattis klein, elend und schlecht. All das Unrecht, das er seinem Vater getan hatte, sein grenzenloser Egoismus und seine Kälte brachen mit Tonnenlasten über ihm zusammen. Wie in Trance griff er zu der Pistole, setzte sie an die Schläfe und drückte ab. Mit einem klickenden Geräusch schlug der Hammer der Pistole auf die Kammer.

„Ich habe sie schon vor zwanzig Jahren entladen. Ich war noch ein Kind und habe lange gebraucht, um herauszufinden, wie man das macht." Anna stand plötzlich und unvermittelt im Türrahmen. "Du hast es gewusst?", fragte Mattis konsterniert. „Warum hast du nie etwas gesagt?" Anna lächelte traurig: „Hättest du ihn verstanden?"

Eine knappe Woche später klopfte ein Fremder im Nadelstreifenanzug, der mit einem neuwagenglänzenden Chevrolet Corvette Stingray vorgefahren war, an der frisch gestrichenen Haustüre an. Anna schickte ihn fort: „Nein, Mattis is nich hier. Der hat sein Erbe abgeholt und is sofort wieder abgehauen."

Die Königin von Saba

Mutter war ziemlich aufgeregt. Sie hatte den ganzen Morgen in der Küche verbracht und gebacken. Die Donauwelle war gut gelungen. Ihr Meisterstück aber war der Käsekuchen, eine ihrer besonderen Spezialitäten. Uli liebte ihren Käsekuchen. Sie schmunzelte bei dem Gedanken, wie er schon als kleiner Junge Unmengen davon verputzt hatte und das, ohne dass ihm jemals davon schlecht geworden wäre. Mit viel Liebe hatte sie dann den Tisch im Esszimmer gedeckt. Das gute Meißner Porzellan, ein Erbstück von ihrer Mutter, zierte den Tisch, dazu passend ein Strauß frischer Tulpen. Sie war sich dessen bewusst, dass diese Art einzudecken im Jahr 2087 sehr altmodisch anmutete. Aber sie wusste, dass Uli sehr daran hing.

Jetzt, nachdem alles fertig war, lief sie aufgeregt hin und her, räumte hier und zupfte dort an einem Deckchen oder Kissen. Es sollte ja alles perfekt sein, wenn Uli nach Hause kam. Immer wieder schaute sie aus dem Fenster auf die Straße, die durch ihre kleine Vorstadtsiedlung führte.

„Marlies, hör doch endlich mal auf herumzulaufen wie ein aufgescheuchtes Huhn! Setz dich! Tu dir die Ruhe an! Uli stellt uns seine neue Freundin vor, nicht die Königin von Saba." Vater trug diese Sätze gespielt theatralisch und mit tiefer Stimme vor. Er saß, wie so oft seitdem er im Ruhestand war, in seinem bequemen Sessel und las. Am liebsten las er neben der Tageszeitung historische Romane, dicke Wälzer über vergangene Zeiten und komplizierte Liebesbeziehungen. Oft vergaß er dabei alles um sich herum und versank in Welten, die er sich in seiner Fantasie mit schillerndsten Farben ausmalte. „Da sind sie!", ertönte plötzlich Mutters spitzer Schrei und riss Roland aus seiner Fantasiewelt.

Schnell legte er sein Buch zur Seite und gesellte sich zur Mutter ans Fenster. Die silbergraue Toyota-Limousine drosselte ihr Tempo und parkte exakt auf der markierten Fläche. Das leise Summen des Elektromotors erstarb und die Automatiktüren öffneten sich geräuschlos. Geschmeidig bewegten sich zwei mit modischen Damenschuhen ausgestattete, perfekt geformte Frauenbeine aus dem Fahrzeug heraus, die zu einem schlanken, wohlgeformten, jungen Körper im dunkelblauen Mini gehörten. Nachdem sie eine kleine Handtasche und einen Blumenstrauß aus dem Fahrzeug geborgen hatte, wendete sie sich dem Haus zu. Ein fein gezeichnetes, leicht asiatisch wirkendes Gesicht, umrahmt von pechschwarzen Locken, lächelte Roland und Marlies mit perlweißen Zähnen entgegen.

„Mein Gott!", stammelte Roland, „Es ist doch die Königin von Saba!"

Mutter war sprachlos.

106

Stürmisch wie ein kleiner Junge fiel Uli seiner Mutter an der Haustüre um den Hals. „Ach Junge, wie schön, dass du da bist. Wir haben uns so lange nicht gesehen. Du hast abgenommen!" „Gib nichts drauf, Junge, sie wird sich eben nie ändern", seufzte Vater, als er seinen Sohn in die Arme schloss.

Die junge Frau war derweil freundlich lächelnd im Hauseingang stehen geblieben. Mit ihrem Blumenstrauß wirkte sie etwas verloren. Uli schien das zu bemerken, nahm sie bei der Hand und zog sie lachend in den Hausflur. „Das ist Lisa! Lisa, das sind meine Eltern!"

„Kommen Sie herein, Lisa! Herzlich willkommen!", wurde sie überschwänglich von Mutter begrüßt. „Ich bin fassungslos!", ergänzte Vater. „Du sagst, du stellst uns deine Freundin vor und bringst eine Prinzessin mit." Dabei verbeugte er sich geschmeidig, legte Lisas Hand in gespielt höfischer Geste auf seine und führte sie ins Wohnzimmer.

Lisa erwies sich als unkompliziert kommunikativ und es ergab sich schnell ein lockerer und fröhlicher Kennenlern-Smalltalk. „Oh, Sie lesen sehr viel.", bemerkte Lisa anerkennend, als ihr Blick über die riesige Bücherwand glitt. Ihre Stimme klang warm und wohltuend. „Richtige Bücher! Wo bekommen Sie die her? Es gibt doch kaum noch welche zu kaufen." Vater lächelte geschmeichelt: „Man hat so seine Quellen!", entgegnete er weltmännisch. „Ich lese hauptsächlich historische Romane, aber auch ab und zu etwas über Naturwissenschaften oder Archäologie." „Ich habe es gesehen", kam Lisas spontane Antwort. „Ich kenne einige davon." Vater war tief beeindruckt, auch wenn er nicht wusste, ob er glauben konnte, was er da hörte. Mutter war ein wenig enttäuscht, als Lisa nur ein, dazu noch sehr kleines Stück vom Käsekuchen zu sich nahm. Das konnte auch ihr Sohn, in dem wie gewohnt die Hälfte des Kuchens verschwand, nicht aufbessern. Dazu nahm sie nur eine halbe Tasse Kaffee. Die Donauwelle rührte sie gar nicht an. Lisas Bedauern aber klang ehrlich, als sie beteuerte, dass der Kuchen hervorragend sei, die Konsistenz sei perfekt. Letztendlich gelang es ihr sogar die meisten Zutaten herauszuschmecken. Bedauerlicherweise könne sie aber nicht viel essen bemerkte sie humorvoll und deutete dabei auf ihren Bauch: „Zu klein!", lachte sie und Mutter war versöhnt. „Ihr jungen Dinger habt immer Angst zu dick zu sein, wenn ihr drei Gramm zunehmt!" Nach dem Kaffee wechselten Uli und sein Vater zur Sitzecke des Wohnzimmers. Lisa und Mutter räumten das Geschirr in die Küche.

„Wie lange kennt ihr euch schon?" fragte Mutter neugierig. „Das ist schwer zu sagen.", antwortete Lisa ausweichend. „Wir kennen uns schon über drei Jahre. Zusammen können wir aber erst seit ein paar Wochen sein. Es lag sehr viel Arbeit dazwischen und Uli hatte noch andere

Projekte." „Ich weiß! Er arbeitet zu viel und macht immer hundert Sachen gleichzeitig. So war er schon immer! Er bringt nur ungern eine Arbeit zu Ende und fängt immer wieder was Neues an", seufzte Mutter. „Ja, teilweise ist das richtig, andererseits tun Sie Uli damit aber auch unrecht, wenn ich das so sagen darf", entgegnete Lisa. „Uli ist in seiner Arbeit ungeheuer kreativ. Er sprüht über vor Ideen und Visionen. Das Abarbeiten von Routinen würde ihn nur ablenken. Das kann und soll er anderen überlassen. So wünscht es auch seine Geschäftsleitung." „Na ja", lenkte Mutter ein, „wenn das so ist. Hauptsache er hat noch genügend Zeit für dich. Übrigens, ich heiße Marlies." Lisa begegnete Mutters warmem Lächeln mit ihrem üblichen Strahlen. „Ich bin Lisa."

„Wie kommst du bloß an so eine süße Frau? Woher kennt ihr euch?" Vater war gespannt wie ein Flitzebogen. „Das ist eine lange Geschichte. Eigentlich sind wir genau deshalb hier. Es geht um Lisas und meine Zukunft. Lass uns auf Mutter und Lisa warten", wich Uli aus. „Du machst es aber spannend!", frotzelte Vater ein wenig beleidigt. „Wie läuft es auf der Arbeit?" „Super!", schwärmte Uli. „Wir entwickeln gerade ein neues Betriebssystem, das eine völlig neue Architektur zum Verarbeiten von Informationen aufweist. Eigenschaften wie Reaktion auf Zufälle, Fehlertoleranzen und emotionale Denkmuster sind konzeptionell eingebettet und ermöglichen bei ausreichendem Speichervolumen fast menschliche Denkleistungen." „Aber das ist doch reiner Frevel!", regte sich Vater auf. „Ihr maßt euch an, neues Leben synthetisch zu schaffen ..." „Kybernetisch!", fiel Uli seinem Vater ins Wort. „Ich kenne deine Einstellung zu diesem Thema. Du bist einfach schrecklich konservativ. Kannst du dir nicht vorstellen, dass ein Fluglotse oder ein Chefarzt fehlerfrei und viel zuverlässiger agieren können, wenn sie ein perfekt funktionierendes technisches Pendant an ihrer Seite haben?" „Ja, ein Pendant aber keinen künstlichen Ersatzspieler!", konterte Vater. „Glaubst du", ereiferte sich Uli, „dass dein Auto ohne diese Technologie so autonom fahren oder einparken würde? Du würdest immer noch kurbeln wie ein Verrückter und eine doppelt so große Parklücke benötigen." „Das mag sein! Nur, ich würde es selbst tun und wäre für mich verantwortlich, nicht für die Taten meines Computers!" Wie immer bei diesem Thema redete sich Vater in Rage. Auch wenn er mit Computern aufgewachsen war, die längst die meisten ihrer Kinderkrankheiten überwunden hatten und aus der modernen Gesellschaft einfach nicht mehr wegzudenken waren, war er dennoch immer ein großer Kritiker gewesen. Mehr und mehr hatten Maschinen die Kontrolle über den Alltag übernommen. Niemand kassierte mehr im Supermarkt. In den örtlichen Verwaltungen saßen keine Sachbearbeiter mehr und alle Vorgänge wurden nur noch online bearbeitet. Züge, U-Bahnen, Flugzeuge und Automobile waren fast zu hundert Prozent computergesteuert.

„Hast du gelesen, wie der Europäische Gerichtshof über die sogenannte Cyber-Ehe entschieden hat?", ereiferte er sich. „Ein Mensch aus Fleisch und Blut kann jetzt einen virtuellen Avatar heiraten, der nur im Internet existiert. Hälst du so etwas etwa für normal? Ein Mensch führt eine Ehe mit einem Wesen, das real überhaupt nicht existiert!"

„Vater", beschwor Uli, „was macht denn deiner Ansicht nach einen Menschen aus? Fleisch und Blut oder sein Geist? Viele Avatare sind im Internet über die Jahre gewachsen. Sie besitzen das Wissen vieler Generationen, vielleicht sogar das der Menschheit. Ihre Entscheidungen und ihr Denken sind geprägt von großer Weisheit. Darüber hinaus sind sie oft produktiv, ja sogar in gewisser Hinsicht kreativ. Sie verdienen meist sogar ihr eigenes Geld. Eine Reform der Menschenrechtskonventionen scheint dringend notwendig. Selbstständig denkende Wesen zu unterdrücken nannte man vor 250 Jahren Sklaverei!"

„Hört auf zu streiten! Schämt euch, so eine schlechte Stimmung an so einem schönen Tag!" Mutter, gefolgt von einer freundlich lächelnden Lisa, betrat das Wohnzimmer, bewaffnet mit Mutters selbstgemachter Limonade und einer Schale mit Keksen.

„Ich finde es auch schrecklich, dass wir von allen Seiten von Computern und Maschinen umgeben sind. Aber solange sie uns gehorchen, ist doch alles in Ordnung, oder? Das weißt du ja wohl am besten als Programmierer." Dabei sah Mutter ihren Sohn fordernd an. Uli und Lisa warfen sich bedeutungsvolle Blicke zu, aber beide schwiegen.

Schließlich unterbrach Vater die Stille: „Uli, du erwähntest eben, dass ihr beiden heute gekommen seid, um uns etwas zu sagen. Ich glaube, dass ich weiß, worum es geht. Habe ich recht?" Er grinste in seiner Vorfreude über das ganze Gesicht. Mutter saß lächelnd auf dem Sofa und hielt Lisas Rechte in ihren Händen. Ihre Augen wurden feucht vor Rührung. Erwartungsvoll ruhten alle Augen auf Uli.

Uli hatte sich lange auf diesen schwierigen Moment vorbereitet. Er wusste, dass für seine Eltern eine Welt zusammenbrechen würde. Er atmete tief durch und fasste sich ein Herz: „Okay, ich mache es kurz: Lisa ist ein Cyborg. Ihr Gehirn ist über das Internet direkt mit unserer zentralen Rechenanlage verbunden, um die Leistungsfähigkeit des menschlichen Gehirns erreichen zu können. Ihr Geist ist also gewissermaßen in unserer Firma, während ihr Körper hier vor euch sitzt. Ich habe Lisa selbst nach meinen Vorstellungen programmiert und – wir werden im nächsten Monat heiraten."

Inhalt

Es kostet viel Mut, mit eigenen Texten an die Öffentlichkeit zu gehen. An dieser Stelle möchte ich mich bei meiner lieben Uta für ihre unendliche Geduld und ihre vielen Ermutigungen bedanken. Außerdem geht mein Dank auch an Frau Loser-Cammann für ihre engagierte Korrekturarbeit.